Corinna Weber

AF282644

Das Rätsel von Föhr

Ein Süderende Krimi

*- Kommissar Hansen und die Tote
von der St. Laurentii -*

Impressum:

Bibliografische Information der Deutschen Nationalbibliothek: Die Deutsche Nationalbibliothek verzeichnet diese Publikation in der Deutschen Nationalbibliografie; detaillierte bibliografische Daten sind im Internet über dnb.dnb.de abrufbar.

Die automatisierte Analyse des Werkes, um daraus Informationen insbesondere über Muster, Trends und Korrelationen gemäß §44b UrhG („Text und Data Mining") zu gewinnen, ist untersagt.

© 2024 Corinna Weber
Verlag: BoD · Books on Demand GmbH, In de Tarpen 42, 22848
        Norderstedt
Druck: Libri Plureos GmbH, Friedensallee 273, 22763 Hamburg
Bilder: Aus Privatbesitz und somit urheberrechtlich geschützt

ISBN: 978-3-7693-2028-2

Über die Autorin:

Corinna Weber wurde 1976 in Darmstadt geboren. Sie lebt mit ihrer Familie in dem beschaulichen Örtchen Wald-Michelbach im Odenwald.

Mit einer 24jährigen und einer 12jährigen Tochter an der Hand, ihrer kleinen Krawalli fest im Herzen und seit 27 Jahren einem Mann an ihrer Seite, der fest zu ihr steht, hat sie bis jetzt alle Stürme des Lebens (fast) erfolgreich gemeistert.

Sämtliche Personen der Geschichte, sowie Handlungen oder Ähnlichkeiten, sind frei erfunden und daher rein zufällig.

Die Orte und Locations entsprechen der Realität

Neben der neu entstandenen Krimi-Reihe „Das Rätsel" mit dem ersten Band „Das Rätsel von Föhr" mit Kommissar Knut Hansen entstammen der Roman „Auf Umwegen zur Hölle - Trottel mit Flügeln sucht neuen Job", die biografischen „MUDDI Zusammen schaffen wir alles"- Bücher sowie die Taschenbuch-Reihe „Ronjas Welt" aus der Feder der Odenwälder Autorin.

Inhaltsverzeichnis:

Kapitel 1 - Die Orgel

Gunnar Lüttersen sortierte seine Notenblätter und richtete sie auf dem hölzernen Notenhalter an der Kirchenorgel aus. Der neue Pfarrer wollte zu Beginn des Gottesdienstes „Herr deine Güte ist wie Gras und Ufer" mit der Gemeinde singen. Für Gunnar überhaupt kein Problem. Er war seit über 25 Jahren Organist in der Kirche St. Laurentii in Süderende. Orgelspielen war, neben seinen drei Enkeln, die absolute Passion des 63jährigen. Außerdem werkelte er mit seiner Frau Marga gerne im Garten und liebte Sonntage, an denen die ganze Familie bei Kaffee und Kuchen unterm Kirschbaum im Grünen saß und die gemeinsame Zeit genoss. Er war ein liebevoller, sehr agiler und aufmerksamer Mann, der immer für andere da war, und der sich auch für nichts zu schade war. Kurz bevor er seine Finger auf das obere Manual legte zog er die Nase hoch und schnüffelte wie ein Hund, der die Witterung eines Wildtieres aufgenommen hatte.

„Irgendwie riecht es hier heute seltsam" dachte er bei sich.

Er konnte den Geruch nicht zuordnen, deswegen versuchte er zunächst einfach, ihn zu ignorieren. In einer halben Stunde würde der Erntedank-Gottesdienst beginnen und er wollte vorher nochmal alle Lieder durchspielen, die heute gesungen werden sollten. Das machte er schon immer so, außerdem liebte er den Klang „seiner" Orgel. Er schloss kurz die Augen, dann spielte er die ersten Akkorde. Beim dritten B-Akkord stutzte er. Wieso hörte sich das denn heute so seltsam an? An ihm lag es nicht, dessen war er sich ziemlich sicher. Er griff nochmal in die Tasten und legte dabei angestrengt den Kopf zur Seite, um mit dem Ohr näher an die Orgelpfeifen zu kommen. Da! Da war es wieder. Dieses komische Geräusch. So, als wäre eine der Pfeifen verstopft. Er stöhnte auf. Das hatte ihm jetzt gerade noch gefehlt. Er konnte sich noch lebhaft daran erinnern, dass es damals eine tote Maus gewesen war, die eine der kleineren Orgelpfeifen völlig lahmgelegt hatte, weil sie ungünstiger Weise darin steckengeblieben und elendig verendet war. Gunnar hatte sie erst Tage später gefunden, weil es damals ganz erbärmlich gestunken hatte. Und wenn er jetzt genau darüber nachdachte, roch es hier gerade fast so ähnlich. Seufzend rutschte er von der Orgelbank und machte sich auf den Weg nach hinten, um sich das Problem genauer ansehen zu können. Auf der Rückseite der Orgel befand sich eine Tür, über die man Zugang zu den Orgelpfeifen hatte, um sie zu warten, zu pflegen und bei Bedarf auszutauschen. Gunnar öffnete sie und lugte vorsichtig hinein. Er konnte ja vieles ertragen, aber bei toten Tieren hörte der Spaß für ihn auf. Seine Frau neckte ihn immer liebevoll, dass sein

Herz eigentlich viel zu weich wäre für diese raue und grausame Welt. Wenn sein Kater Mikesch eine tote Maus oder einen Vogel anschleppte hätte er am liebsten mit ihm geschimpft, weil dieser das arme Tier getötet hat. Aber ihm war natürlich klar, dass sich der Jagdtrieb seines Katers nicht einfach wegen seiner eigenen, großen Tierliebe abstellen ließ. Bei Tierdokumentationen im Fernsehen musste er sich regelmäßig die Augen zuhalten und bei „Dumbo" oder „Bambi" kamen ihm die Tränen. Aber er konnte ja schließlich nicht jedes Tier auf der Welt retten, auch wenn ihm das am liebsten gewesen wäre. Er machte sich mit Hilfe seines Lichtes am Handy auf die Suche nach dem vermeintlich toten Tier. Dank seiner Erfahrung und seines guten Gehörs hatte er schon am Klang gehört, um welche der zahlreichen Pfeifen es sich handeln könnte. Er leuchtete also zielgerecht die Reihe der kleineren Orgelpfeifen an, um den stinkenden Übeltäter ausfindig zu machen. Und tatsächlich. In einem der mittleren Register steckte etwas im Aufschnitt. So nannte man die Öffnung, über die der jeweilige Ton entweichen konnte. Vorsichtig griff er hinein. Offenbar war es dieses Mal etwas Größeres als eine Maus. Er hatte das Gefühl, einen dicken fetten Rattenschwanz in den Fingern zu haben. Ratten gehörten nicht wirklich zu seinen Lieblingstieren. Aber hier drin steckenbleiben konnte sie natürlich auch nicht. Kurz schüttelte es ihn, dann zog Gunnar beherzt an dem fleischigen Etwas und zerrte es durch die schmale Öffnung. Aber zu seinem völligen Erstaunen hing kein toter Rattenkörper daran, es schien einfach nur ein abgetrennter Teil von einem Rattenschwanz zu sein. Er runzelte die Stirn und leuchtete seinen Fund genauer an. Dann schrie er auf, ließ alles fallen, was er gerade noch in der Hand gehabt hatte, rannte zu der schmalen Tür hinaus und erbrach sich über die Reling der Empore.

St. Laurentii Orgel

Kapitel 2 - Knut auf der Suche

Knut gähnte und blinzelte von seinem Liegestuhl aus ins herbstliche Sonnenlicht. Bald würde er die Gartenmöbel zum Überwintern in den kleinen Schuppen bringen müssen. Aber noch sollte es, laut Wetterbericht, einige sonnige, wunderschöne Tage geben, die er nur zu gerne draußen im Freien genießen wollte. Anita trällerte in der Küche vor sich hin, während sie das Frühstück richtete. Er musste ein wenig grinsen. Seit seinem sehr spontanen Heiratsantrag vor fünf Monaten war ihre gute Laune manchmal kaum noch auszuhalten. Sie hatte in einem Affentempo alle in ihrem Dunstkreis darüber informiert, dass sie bald die Frau des hiesigen Inselpolizeichefs werden würde. Und natürlich gab es seit diesem Abend des Antrags so gut wie kein anderes Gesprächsthema mehr. Sie blätterte nahezu täglich durch Hochzeitsmagazine, machte sich Gedanken, wen sie alles einladen wollte und wo die Feierlichkeit stattfinden sollte. Und natürlich hatte sie ständig neue Vorschläge, was er an diesem besonderen Tag anziehen könnte. Knut ließ sie erstmal gewähren und hielt die Füße still, er würde sich zu gegebener Zeit mit in die Planung einmischen. Jetzt rief sie ihn:

„Bärchen, willst du noch einen Tee oder Kaffee?"

Knut überlegte weiterhin, ob der mit dem „neuen" Kosenamen zurechtkäme. Immerhin war „Bärchen" erheblich besser als ihr vorher ständig so schrill gerufenes „Puschiiii". Überhaupt erschien sie ihm insgesamt ein wenig ruhiger und vor allem erheblich ausgeglichener, als noch vor einigen Monaten. Die Reise in den Schwarzwald hatte ihnen beiden und auch ihrer Beziehung zueinander offenbar überraschend gutgetan. So gut, dass Knut danach beschlossen hatte dann doch den Rest seines Erdendaseins mit genau dieser temperamentvollen Frau verbringen zu wollen. Als sie im April vom Schwarzwald wieder zurück auf ihrer so geliebten Heimatinsel Föhr waren setzte Anita den geschmiedeten Plan bezüglich ihres beruflichen Neuanfangs zügig in die Tat um, und erzählte den Besuchern des Friesenmuseums zweimal wöchentlich etwas über die schöne Föhrer Tracht. Sie hatte sich so sehr mit diesem Thema auseinandergesetzt, dass sie sich oft in bildreichen erzählerischen Details verlor. Sie kannte jede Falte und jeden Stoff, erklärte, wie das Schultertuch und die Haube zu binden waren, und gab den Gästen somit ein Stück Föhrer Tradition und Kultur mit auf den Weg. Ihr zweites Standbein hatte sie sich im Museumscafé der „Kaffeewerkstatt" des „Carl-Häberlin" Museums geschaffen. Dort durfte sie am Wochenende ihre selbstgebackenen Kuchen und Torten verkaufen. Und da ihre

Backkünste inzwischen weithin bekannt waren kamen immer mehr Besucher, die ihre traumhaft leckeren Gebäcke probieren wollten. Sie ging völlig in ihrer Arbeit auf und strahlte seitdem eine tiefe innere Zufriedenheit aus. Und Knut musste zugeben, dass er mächtig stolz auf seine Zukünftige war. Er reckte und streckte sich und wollte sich gerade auf den Weg zu Anita in die Küche machen, als sein Handy klingelte. Es war sein Assistent Claas Brockmeyer. Knut war völlig irritiert. Heute war Sonntag, Erntedankfest um genauer zu sein. Es war schönstes September-Wetter, die Sonne beschien das goldene Herbstlaub um ihn herum und er hörte von der Nordsee her die Möwen schreien. Was also könnte an so einem herrlichen Herbsttag passiert sein, dass ihn Brockmeyer offenbar dringend sprechen musste? Ihm wurde gewahr, dass er die letzten Sekunden regungslos auf sein Handy gestarrt hatte. Schnell schob er den Klingelbutton nach rechts und meldete sich.

„Moin. Haben Sie sonntags eigentlich nichts Besseres zu tun? Was ist denn so wichtig, dass sie mir den heiligen Sonntag versauen? Ist jemand von der Promenade in den Sand gefallen, oder hat man Oma Hinrichs das Fahrrad unter dem Hintern weggeklaut?"

Er kicherte. Das war etwas, was Claas Brockmeyer von seinem Chef nicht kannte. Kichern. Diese Eigenart hatte er erst entwickelt, als er von seinem Schwarzwald-Urlaub wieder zurück auf Föhr war. Offenbar hatte Knut Hansen die Zeit dort mit seiner Freundin echt gutgetan, zumindest wirkte er seitdem nämlich erheblich entspannter und nicht mehr ganz so knurrig, wie noch die letzten Jahre. Trotzdem war Claas Brockmeyer gerade heute auf „hab Acht"-Stellung, was die gute Laune seines Chefs betraf. Er ahnte nämlich, dass diese gleich binnen weniger Sekunden in den Keller rauschen würde.

„Also Brocki, was liegt an? Sie werden ja wohl nicht schon wieder irgendwo eine Leiche gefunden haben, oder?"

Jetzt lachte Knut aus vollem Hals. Der letzte Leichenfund auf seiner schönen Insel war nämlich genaugenommen noch gar nicht so lange her und er war sich ziemlich sicher, dass hier in den nächsten Jahrzehnten nichts mehr derart Vergleichbares passieren würde. Claas druckste ein wenig herum.

„Also eine Leiche so DIREKT haben wir nicht gefunden, nein."

Jetzt wurde Knut dann doch langsam ungeduldig. Er hatte Anita immer noch nicht gesagt, ob er lieber einen Tee oder einen Kaffee gewollt hätte, und die stand nun im Türrahmen und sah ihn fragend und abwartend an.

„Himmel verdüwwelt nomool, kommen Sie endlich zur Sache Brockmeyer! Wir sind doch hier nicht bei „Rate mal mit Rosenthal".

Der ist nämlich schon seit 1987 tot und von „Sie sind der Meinung, das war Spitze!" sind wir hier gerade ganz weit entfernt, befürchte ich."

Für ein paar Sekunden verlor er sich in Gedanken an den früheren Moderator und Showmaster, der hier auf Föhr, genauer gesagt in Utersum, so gerne Urlaub gemacht hatte und sogar zum Ehrenbürger der Insel ernannt wurde. Er hatte ihn einige Male beim Einkaufen und auch auf der Promenade getroffen und sich immer sehr gerne kurz mit ihm unterhalten. Brockmeyer schien allerdings überhaupt keine Ahnung zu haben, von was Hansen da gerade redete.

Dementsprechend verwirrt antwortete er: „Also, dass der Finger einem Mann gehört glaube ich jetzt eher nicht. Dafür ist er zu klein und dünn. Außerdem ist da noch ein Ring dran, der sieht eher aus, als würde er zu einer Frau passen. Wobei man das ja heute gar nicht mehr so genau weiß oder sagen kann. Aber der Finger scheint schon älter zu sein, oder zumindest der Mensch, der da mal drangehangen hat. Und ich bin mir auch nicht sicher..."

Knut schwirrte der Kopf.

„Ahhhh, Stopp, aufhören. Ich kann Ihrem Geblubber keinen Meter folgen. Jetzt bitte einmal kurz, knapp, knackig und so, dass es der alte Mann hier auch versteht."

Er schloss kurz die Augen und atmete tief durch. Claas zögerte kurz, dann fragte er sehr vorsichtig nach:

„Chef, welcher alte Mann denn jetzt genau?"

Knuts Gesicht wurde erst weiß, dann puterrot, und im gleichen Augenblick riss sein sowieso schon arg desolater Geduldsfaden.

„BROCKMEYER!!" brüllte er ins Telefon. Anita zuckte zusammen und griff sich ans Herz. Sie machte kurz „Ts" und ging dann auf leisen Sohlen zurück in ihre Küche. Mittlerweile wusste sie, wann man Knut besser ein wenig in Ruhe lassen sollte. Sie schenkte sich einen Kaffee ein und hörte ihren Liebsten noch durch die angelehnte Tür von draußen brüllen. Was würden wohl die Nachbarn denken, gerade heute, am Erntedank-Sonntag? Wenn sie Glück hatte waren die meisten in der Kirche, und bekamen Knuts Wutausbruch gar nicht mit. Sie lauschte kurz, nahm dann ihre Tasse mit und machte sich auf den Weg zurück in den Garten. Dort saß Knut immer noch auf seinem Liegestuhl, nur seine Haltung und sein Gesichtsausdruck hatten sich völlig verändert. Er saß kerzengerade und stocksteif, seine Augen waren weit aufgerissen und sein Mund war so weit geöffnet, dass ein kompletter Apfel hineingepasst hätte. Anita eilte an seine Seite. Besorgt legte sie ihm eine Hand auf seine Wange.

„Was ist denn passiert? Schlechte Neuigkeiten?"

Knut sah sie an wie ein Gespenst, dann schüttelte er sich kurz. Jetzt hieß es aufpassen. Er wusste um Anitas Neugier und um ihre Bereitschaft, sofort alles mit Feuereifer weiter zu tratschen. Vorsichtig löste er sich aus ihrem Arm, den sie fürsorglich um seine Schultern gelegt hatte.

„Ich muss mal kurz weg, Brockmeyer holt mich gleich ab. Könnte ein wenig dauern, ich sag dir Bescheid, wenn ich wieder auf dem Rückweg bin, ok mein Engel?"

Normalerweise gingen ihm Kosenamen nicht ganz so leicht über die Lippen, aber gerade jetzt wollte er sie nicht misstrauisch machen. Erwartungsgemäß freute sie sich so sehr über diese kleine, verbale Liebkosung, dass sie nicht mehr genauer nachfragte. Knut war erleichtert, als er draußen an der Straße auf seinen Assistenten wartete. Er hätte nicht gewusst, wie er Anita bildhaft umschreiben hätte können, dass man in einer der Orgelpfeifen in der St. Laurentii einen abgetrennten Frauenfinger mit einem Ring gefunden hatte. Er hatte ihr einen Kuss auf die Stirn gedrückt und sich seine Jacke vom Stuhl geschnappt. Anita nannte dieses olivgrüne Etwas „Übergangsjacke" und fand sie ausgesprochen schick. Sie war der Meinung gewesen, dass er auch mal etwas anderes bräuchte zum Anziehen als seinen graubraunen, zugegebenermaßen inzwischen leicht verschlissenen Parka. Knut war dieser Meinung zwar nicht, hatte aber des lieben Friedens willen im Geschäft nichts mehr dazu gesagt. Und mittlerweile musste er sich ganz klammheimlich eingestehen, dass er die Jacke sogar recht gerne trug. Sie war leicht, schützte ihn vor Wind und Regen und er fühlte sich gut drei Kilo schlanker, wenn der Reißverschluss geschlossen war.

Kirchengelände St. Laurentii

Kapitel 3 – Wer bist du?

Knut zwängte sich in den Raum hinter der Orgel, in dem Gunnar Lüttersen den Finger gefunden hatte. Für einen Moment hielt er fast ehrfürchtig die Luft an. Dieses Instrument, dessen Herzstück im Normalfall kein Normalsterblicher zu sehen bekam, war gigantisch. Er besah sich die Orgelpfeifen und das Türschloss genauer, konnte aber keinerlei Spuren daran feststellen. Nachdenklich verzog er die Mundwinkel. Wie kam ein Mensch nur auf so eine kranke Idee? Hinnerk „Plüsch" Petersen lugte ums Eck.

„Also so richtig viel zu obduzieren hab ich ja dieses Mal nicht."

Er feixte. Knut gab einen leisen verächtlichen Laut von sich, dann schloss er ächzend die Tür hinter sich. Hinnerk hatte den Finger schon in einer kleinen Plastiktüte verstaut und hielt ihn Knut nun unter die Nase. Ein kleiner, sehr schmaler und vor allem faltiger Finger mit einem kurzen, sehr gepflegten   Nagel. Das Auffälligste aber war der Ring. Eine eckige, goldene Fassung, auf der Platte aus Elfenbein war eine Art Siegel eingraviert. Der Ring war augenscheinlich schon sehr alt, und Knut tat sich schwer, die Abbildung darauf zu erkennen. Er machte ein Bild mit seinem Handy und gab Petersen den Finger wieder zurück.

„Ich werde später die Gravur unter dem Mikroskop auswerten. Vielleicht hilft dir das weiter. Aber auf den ersten Blick würde ich jetzt mal behaupten, dass das hier keine Touristin ist. Ist aber erstmal nur ein Bauchgefühl."

Knut verdrehte die Augen nach oben. „Hoffentlich, ich habe keine Lust darauf, schon wieder den gesamten Fährverkehr lahmlegen zu müssen."

Sein Assistent wartete auf der Empore auf ihn. Knut stellte sich vor an die Balustrade und versank schlagartig in Erinnerungen. Vor mehr als 25 Jahren hatten er und seine Exfrau Karin sich hier das Jawort gegeben. Die wunderschönen Gewölbemalereien, der außergewöhnliche Taufstein, die Kanzel, der Flügelaltar aus dem 15. Jahrhundert, die liebevoll verzierten Kirchenbänke und nicht zuletzt die imposante Orgel zogen interessierte Besucher sofort in ihren Bann. Die ganze Kirche war erfüllt von einer unglaublichen Energie, die Knut auch dieses Mal wieder die ein oder anderen Gänsehaut über den Rücken jagte. Er sah sich und Karin vorne am Altar stehen, noch nicht wissend, dass diese Ehe nicht für die Ewigkeit gemacht worden war. Nun würde er bald wieder in den Hafen der Ehe einlaufen, dieses Mal hoffentlich nicht wieder mit einem Kriegsschiff. Diese zweite Ehe sollte für den Rest seines Lebens halten. Besser spät als nie. Er schloss kurz die Augen und als er wieder vor zum Altar blickte sah er dort sich und Anita stehen. Glücklich strahlend, mit dem Gefühl, endlich angekommen zu sein. Ein kleiner, fast schon seliger Gesichtsausdruck huschte über sein Gesicht. Bis Rita Kummert, die Leiterin der Spurensicherung, ihn radikal aus seinen schönsten Tagträumen riss. Er sah sie an und konnte sich ein Grinsen kaum verkneifen. Offensichtlich hatte man sie von irgendeiner privaten Festlichkeit her zitiert. Sie war so übertrieben zurechtgemacht, dass es Knut innerlich kurz schauderte. Ihre sonst zu einem unordentlichen Dutt zusammenge-wurschtelten, mausgrauen Haare waren in kleine Löckchen gelegt und mit Spangen aus dem Gesicht gesteckt. Sie sah ein wenig aus wie ein Chihuahua nach einem verunglück-ten Hundefriseurbesuch. Ihr Make-up war viel zu stark aufgetragen und hörte am Gesichtsrand abrupt auf. Ihr Gesicht hatte also die gesunde Farbe eines reifen Pfirsichs, während sie halsabwärts eher aussah wie eine Wasserleiche. Die Augen hatte sie mit einem giftgrünen Lidschatten bepinselt und die Wimpern so stark getuscht, dass sie in größeren Grüppchen zusammengeklebt waren. Ihre nicht vorhandenen Wangenkno-chen hatte sie plakativ mit einem rosafarbenen Rouge betont und die spärlichen Augenbrauen mit einem grauen Stift strichförmig nachgezogen. Ihr Kleid stammte offensichtlich aus dem Kleiderschrank ihrer Oma, es war übersät mit kleinen rosafarbenen Blümchen, knielang und mit kleinen, zarten Puffärmelchen, und wirkte auf den ersten Blick eher wie ein Nachthemd. Alles in allem erregte ihr stark verändertes Aussehen in ihm eher Mitleid als Bewunderung. Und er konnte es gerade noch so vermeiden, dass ihm der Satz „Ruft mal einer beim Roncalli an, da fehlt offensichtlich ein Clown!" von den Lippen hüpfte. Er versuchte krampfhaft, ihrem Blick auszuweichen.

„Na meine allerliebste Spusifrau, gibt's schon was Neues?"

Schlagartig hätte er sich auf die Zunge beißen können. Am heiligen Sonntag hatte man seinen Mitmenschen gefälligst mit offenem Herzen und Nächstenliebe zu begegnen. Obwohl, er hatte ja eigentlich gar nichts Schlimmes gesagt. Rita sah das offenbar ein wenig anders, ihr Blick glich kleinen Giftpfeilen, die sie unaufhörlich in Knuts Richtung abfeuerte. Sie blätterte in ihrem kleinen Notizblock.

„Der Zeuge Gunnar Lüttersen sitzt draußen vor der Tür und bekommt gerade von der Haushälterin des Pfarrers einen Kamillentee eingeflößt. Der hat den Fund nicht wirklich gut verkraftet. Wobei ich es ihm nicht mal verübeln kann. Der Finger wurde brachial abgesäbelt, gerade so weit unten, dass der Ring noch drauf steckenge-blieben ist. Weder unten an der Kirchentür, noch hier oben an der Tür zur Orgel gibt es bisher brauchbare Spuren. Mein Team und ich werden allerdings die Kirche insgesamt einmal auf links drehen, irgendwo muss ja auch der Rest dieser bedauernswerten Frau sein."

Sie sah gedankenverloren Richtung Altar. Knut blieb zum zweiten Mal an diesem Tag der Mund sperrangelweit stehen. Er befürchtete ein wenig, seine Ohren hätten ihm den Dienst versagt. Konnte das sein? Zeigte Rita Kummert, die sonst so völlig empathielose, kaltherzige und abgestumpfte KTU´lerin etwa gerade Gefühle? Er sah sie skeptisch von der Seite an.

Sachte fragte er nach. „Dir tut die Frau also leid, richtig?"

Vielleicht hatte er sich ja verhört oder sie falsch verstanden. Aber Rita wirkte weiterhin nachdenklich.

Sie starrte ins Kirchenschiff und antwortete leise:

„So einen Tod hat doch niemand verdient. Vielleicht hat sie Kinder, einen Mann oder ganz viele Freunde. Und jetzt wurde sie so barbarisch aus dem Leben gerissen."

Knut kratzte sich ein wenig hilflos an der linken Schläfe. Er konnte Rita noch nie besonders gut leiden, aber diese offen gezeigte, sehr eigenartige Emotion, machte sie ein Stück weit sympathischer.

Bis sie ihn anschnarrte:

„Was glotzt du denn so doof? Ich habe noch zu tun, und ich glaube, auf dich wartet auch noch Arbeit!"

Sie machte auf dem Absatz kehrt und ging Richtung Treppe. Sie lief in den, für sie offensichtlich ungewohnt hohen Schuhen ungelenk und unsicher wie ein neugeborenes Kalb. Kurz vor der ersten Stufe knickte sie leicht um und Knut sprang ihr im Reflex hilfreich zur Seite.

Sie zischte ihn an: „Pfoten weg, Hansen, ich kann das durchaus alleine."

Knut hob sofort die Hände nach oben und deutete auf die Treppe.

„Bitte schön, dann brech dir doch ganz alleine dein verdorrtes Gestell!"

Er lief an ihr vorbei, knurrte noch „Zimtzicke, seltsame" und machte sich dann auf den Weg zu seinem Zeugen. Der war zwischenzeitlich schon von Claas Brockmeyer verhört worden und hatte ihm alles bis ins kleinste Detail erzählt. Knut setzte sich neben ihn auf die Bank. Er und Gunnar kannten sich, sie hatten früher mit ihren Frauen zusammen gekegelt.

„Na? Wie isses?"

Er sah seinem alten Kumpel an, dass dieser noch völlig neben der Spur zu sein schien. Gunnar hatte die Hände zwischen seine Knie geklemmt und sein Blick ging ins Leere.

„Mensch Knut, sowas habe ich noch nie gesehen, geschweige denn, angefasst. Also nur, wenn's noch lebendig war Das war so furchtbar, das kannst du dir gar nicht vorstellen. Also wie einer so was machen kann... Ik ferstun dat ei."

Er fuhr sich mit der Hand übers Gesicht. Knut kannte Gunnar gut genug, um zu wissen, dass es diesem warmherzigen und so freundlichen Menschen gerade überhaupt nicht gut ging. Das merkte man unter anderem daran, dass er mehr oder weniger unbeabsichtigt ins Fehring wechselte als er meinte, dass er es nicht verstehen würde.

„Gunnar, es tut mir leid, aber ich muss dir unbedingt ein paar Fragen stellen, das verstehst du doch bestimmt."

Gunnar atmete tief ein und aus und nickte dann.

„Ich weiß, du hast meinem Assistenten schon alles erzählt, ich werde dich also nicht mit Details quälen. War heute morgen irgendetwas anders, als du in die Kirche kamst? Hast du vielleicht unterwegs jemanden getroffen, der sich seltsam verhalten hat? Wann hast du das letzte Mal an der Orgel gesessen?"

Knut brannten noch ein paar Fragen unter den Nägeln, aber er wollte Gunnar nicht überfordern. Der schien inzwischen am Rande seiner Nerven zu sein. Zitternd nahm er noch einen Schluck von dem inzwischen kalten Kamillentee. Dann überlegte er.

„Also zuletzt gespielt habe ich letzten Mittwoch. Normalerweise komme ich unter der Woche eins bis zweimal zum Üben her, aber ich hatte diese Woche keine Zeit. Marga hatte doch am Mittwoch ihren 60. Geburtstag. Und da gab`s noch allerhand zu organisieren, weißt du?"

Knut nickte und hatte prompt ein schlechtes Gewissen. Stimmt, den Geburtstag hatte er vollkommen vergessen. Aber Gunnar redete schon weiter.

„Und nein, getroffen habe ich heute noch niemand. Ich bin mit dem Fahrrad da, da wären mir Fußgänger, andere Fahrradfahrer oder Autos mit Sicherheit aufgefallen. Ich war gegen halb zehn da, weil ja jetzt um elf eigentlich der Gottesdienst losgehen sollte."

Knut sah hinüber zu dem kleinen Gartentörchen, das die Leute der Spurensicherung mit Absperrband umwickelt hatten. Vor dem weißen Törchen stand die junge Polizistin Anja Morandt und hielt die Neugierigen, Schaulustigen und potenziellen Gottesdienstgänger davon ab, das Grundstück zu betreten. Der alte Lasse Bergholm winkte zu ihnen herüber.

„Ey Knut, was ist denn hier los? Ist jemand tot gegangen?"

Knut hob die Hand zum Gruß. Hier kannte jeder jeden, und meistens wusste auch jeder von jedem alles. Oder zumindest recht viel.

Wahrheitsgemäß antwortete er:

„Moin Lasse, das wissen wir noch nicht. Aber wenn wir was wissen sagen wir früh genug Bescheid, okay?"

Lasse Bergholm schob die Hände in die Hosentaschen und nickte wissend.

„Na denn mal tau, wir essen zeitig."

Knut schüttelte den Kopf und wandte sich dann wieder Gunnar zu. Der fragte zögerlich:

„Kann das sein, dass die vielleicht noch gar nicht tot ist?"

Gunnar schien zu überlegen. Knut war dieser Gedanke eben erst gekommen, als sein Freund ihn laut ausgesprochen hatte. Er wiegte den Kopf hin und her.

„Naja, vom Prinzip her ja eigentlich schon. Ich mein, das ist ja erstmal nur ein Finger. Man kann ja durchaus auch mit neun Fingern prima weiterleben. Und solange ihr nicht noch mehr fehlt..."

In diesem Moment kam Claas Brockmeyer ums Eck geschnauft.

„Chef, schnell, das müssen Sie sich unbedingt ansehen."

Knut entschuldigte sich kurz bei Gunnar und sprintete seinem Assistenten hinterher.

„Die Spusi hat an einer Stelle des Friedhofes frisch ausgehobene Erde entdeckt und dort mal ein wenig gegraben."

Knut war für einen Moment irritiert. Es passierte ja nicht ganz so selten, dass auf einem Friedhof frische Erde zu finden war. Deswegen verstand er auch die Aufregung von Brockmeyer nicht ganz.

„Sie werden gleich sehen was ich meine."
Schnurstracks stiefelte Claas auf das Grab des
„Glücklichen Matthias" zu. Dort, neben der
aufgestellten Grabplatte lag ein kleiner
Haufen Erde. Der war allerdings weniger
spektakulär als das, was der
Gerichtsmediziner Petersen gerade eintüten
wollte. Knut schloss kurz die Augen und
stöhnte leise.

„Ne, oder? Echt jetzt?"
Hinnerk „Plüsch" Petersen strahlte.

„Jetzt habe ich doch noch ein wenig mehr
zum aufschnippeln. Obwohl, viel zu
schnippeln gibt's da auch nicht mehr, das hat
die Täterin oder der Täter ja schon selbst
übernommen."
Knut hieb ihm auf den Arm.

„Geht's noch ein bisschen sarkastischer,
alter Aufschneider?"

Dann betrachtete er sich den Fund
genauer. Vor ihm auf dem kleinen Erdhügel
lagen, säuberlich abgetrennt eine rechte und
eine linke Hand. Wobei an der rechten Hand
der kleine Finger fehlte. Hinnerk war völlig
enthusiastisch.

„Klasse, ein Puzzle! Ich bin mal gespannt,
wo ihr die ganzen anderen Teile findet. Fehlt
ja noch so einiges, würde ich sagen."
Knut schüttelte entsetzt den Kopf.

„Du hast echt nicht alle Nadeln am Baum.
Wie kann man sich denn so sehr über
Leichenteile freuen? Sag mir lieber
schleunigst, wessen Hände das sind und am

besten auch, mit was sie abgetrennt wurden. Ich geh zum jetzigen Zeitpunkt mal davon aus, dass der kleine Finger und diese Hände hier eng miteinander verwandt sind, richtig?"

Hinnerk griff spontan in seinen Koffer und zog das kleine Tütchen mit dem beringten Finger hervor. Er hob ihn provisorisch an die Stelle, an der ein Finger fehlte.

„Joa, das sieht auf den ersten Blick ziemlich gut aus, würde ich sagen. Näheres wahrscheinlich morgen oder übermorgen, ich habe noch einen unklaren Herzinfarkt auf dem Tisch, den muss ich erst abarbeiten."

Knut wandte seinen Blick Richtung Himmel. Er würde sich nie daran gewöhnen, dass manche Berufsgruppen erheblich normaler und offener mit dem Tod umgingen als er. Aber genaugenommen wurde er im Normalfall auch eher selten damit konfrontiert. Er war gerade, gelinde gesagt, mehr als beunruhigt. Das war nun schon der zweite Mord innerhalb weniger Monate. Und das hier auf seiner schönen Heimatinsel, wo er sich eigentlich schon immer geborgen und sicher fühlte wie in Abrahams Schoß. Hier war er aufgewachsen, und hier wollte er irgendwann sterben. Aber mit Sicherheit nicht so grausam wie das Opfer, dessen Körperteile es nun zu suchen galt. Er wandte sich an das Team der Spurensicherer, die immer noch rund um das Grab des „Glücklichen Matthias" beschäftigt waren. Rita

Kummert war zu ihnen gestoßen und besah sich mit einem ihrer Kollegen die Grabplatte genauer.

„Rita, ich will, dass dein Team den Friedhof komplett auf links dreht. Überall, wo es danach aussieht, als wäre an der Stelle irgendwie gegraben worden schaut ihr nach. Von mir aus exhumiert ihr die dazugehörigen Grabbewohner. Hauptsache, wir werden so schnell wie möglich fündig."

Rita nickte. Sie schien zu spüren, dass Hansen ziemlich unter Druck stand und ersparte sich jeden weiteren Kommentar.

„Also los Leute, ihr habt den Hauptkommissar gehört. An die Arbeit."

Knut hob den Daumen hoch, dann machte er sich zurück auf den Weg zu Gunnar Lüttersen, der immer noch ziemlich verloren auf der Bank vor der Kirche saß. Knut ließ sich neben ihn fallen und verschränkte die Arme hinter seinem Kopf.

„Und?" Gunnar sah ihn fragend an. Knut zuckte mit den Schultern. Er wollte nicht zu viel verraten, es waren laufende Ermittlungen und er wusste, wie schnell sich das hier auf der Insel verbreiten würde. Verbunden mit Ängsten und Misstrauen. Er versuchte es daher mit einer eher lapidaren Antwort.

„Weißte was, du gehst jetzt nach Hause zu Marga, lässt dir einen schönen Kaffee machen und sammelst dich erstmal. Ich komm wahrscheinlich spätestens morgen nochmal bei dir vorbei. Wir müssen hier jetzt mal ein bisschen ermitteln, wenn's was Neues gibt sag ich dir Bescheid."

Gunnar stand schwerfällig auf. Er ließ den Kopf hängen und kniff die Lippen zusammen.

„Jo, dann geh ich mal. Bis denne."

Er schlurfte über den Kiesweg hin zu dem Törchen, an dem Anja immer noch Wache stand. Als Gunnar auf sie zukam sah sie fragend zu Knut herüber. Der nickte. Sie öffnete Gunnar das Törchen und rief ihm „noch einen schönen Sonntag" hinterher, als er an ihr vorbeilief.

Gunnar murrte „ja ja, sehr lustig", dann schwang er sich auf sein Fahrrad und fuhr heim zu seiner Frau. Er hatte ihr ganz viel zu erzählen. Knut ging zurück in die Kirche, wo Claas Brockmeyer gerade in ein Gespräch mit Pfarrer Erik Carstens vertieft war. Er trat hinzu.

„He Chef, wussten Sie, dass die Grabplatte von diesem Walfänger eigentlich ursprünglich hier in der Kirche gelegen hatte? Und dass er wegen den vielen gefangenen Walen richtig reich war? Voll spannend das Thema."

Brockmeyer kritzelte sich fleißig sein Notizbuch voll, während Knut nur einmal kurz verächtlich „Pf" machte. Er war ein Kind der Insel, NATÜRLICH kannte er die Geschichte von Matthias Petersen dem „Glücklichen". Der nordfriesische Kapitän aus Oldsum hatte sich den Beinamen verdient, weil er innerhalb von 50 Jahren insgesamt 373 Wale erlegt und dadurch großen Wohlstand erlangt hatte. Sein Bruder und er hatten der Kirche zwei Messing-Kronleuchter gestiftet, die heute noch in der Kirche benutzt wurden. Eigentlich war er ja nach seinem Tod mit Ehren in der Kirche bestattet worden, und hatte der Kirchenge-meinde sogar 100 Goldtaler vermacht. Nachdem die Erben sich aber weigerten, den Betrag an die Kirche auszuzahlen, wurde seine Grabplatte 14 Jahre später kurzerhand auf den Friedhof verlegt. Dort konnte man sie, wie viele andere der „sprechenden Steine" heute noch besichtigen. Hier auf dem Friedhof in Süderende gab es noch viele dieser alten Grabsteine und Platten, die die Lebensgeschichte ihrer Verstorbenen erzählten.

„Herr Carstens, mein Name ist Kommissar Knut Hansen und ich hätte da noch einige Fragen an Sie. Ist die Tür zur Kirche immer verschlossen und wenn ja, wer hat alles einen Schlüssel? Und kommt man ungehindert hoch zur Orgel?"

Erik Carstens, der junge Pfarrer, wischte sich mit einem Taschentuch über den Mund. Er wirkte völlig desolat. Natürlich hatte er rein beruflich sehr oft direkt mit dem Tod zu tun. Aber ein mutmaßlicher Mord war da ja noch mal eine ganz andere Hausnummer. Er war sehr blass und ließ sich geschwächt auf eine der Kirchenbänke fallen.

„Alles gut Herr Pfarrer? Sollen wir Ihnen einen Arzt rufen?"

Claas Brockmeyer war sehr besorgt und sah Hansen fragend an. Der schüttelte den Kopf und setzte sich in die Bank hinter Pfarrer Carstens.

„Können Sie sich an irgendetwas Außergewöhnliches erinnern in letzter Zeit? Waren vermehrt Fremde in den Gottesdiensten? Hat Ihnen vielleicht jemand seltsame Fragen gestellt?"

Knut hätte den Pfarrer am liebsten leicht geschüttelt. Er wollte Antworten, jetzt! Endlich entschied sich Erik Carstens, zu reden.

„Ach, Herr Hauptkommissar, ich bin noch völlig innerlich erregt."

Knut biss sich auf die Zunge. Fast, aber Gott sei es gedankt nur fast wäre ihm etwas herausgerutscht, was er besser für sich behalten sollte. Er ließ Pfarrer Carstens einfach weiterreden.

„Ich hoffe, ich kann mich noch an alle ihre Fragen erinnern. Also ja, die Kirche wird jeden Abend zugeschlossen. Und nur ich, unsere Küsterin Frau Andress und meine Haushälterin haben einen Schlüssel. Um hoch zur Orgel zu gelangen benötigt man noch einen anderen Schlüssel."

Er stand auf, holte einen Schlüssel, mit dem er einen Schlüsselkasten aufschloss, der ganz hinten in der Kirche an einer der dicken Steinmauern hing. Er holte einen weiteren Schlüssel aus diesem Kasten und hielt ihm Knut unter die Nase.

„Mit diesem Schlüssel kommt man über die Treppe hoch zur Orgel."

Knut nahm ihn in die Hand und betrachtete ihn. Laut Rita gab es an keinem der Türschlösser irgendwelche Einbruchspuren. Und dieser Schlüssel sah jetzt auch nicht wirklich so aus, als wäre er mit Gewalt in irgendein Türschloss gedrückt worden. Und außerdem hatte Carstens eben den Schlüssel aus dem Kasten genommen, also konnte er schon mal nicht gestohlen worden sein. Er gab ihn zurück und der Pfarrer hängte ihn sofort wieder an seinen angestammten Platz.

„Nun zu Ihrer Frage der Gottesdienstbesucher. Ich kann Ihnen da gerne eine Liste machen. Generell kommen immer dieselben. Alteingesessene Insulaner, ganz selten mal ein Tourist. Und keinem von denen würde ich einen Mord zutrauen."

Knut dachte sofort an den Mord an Jan Kramer vor knapp einem halben Jahr und wusste von daher: JEDEM war ein Mord zuzutrauen, und keinem konnte man hinter die Stirn schauen.

„Wir sollten uns da tatsächlich nicht von Äußerlichkeiten blenden lassen, manchmal sitzt hinter der schönsten Stirn ein wahrer Teufel."

Brockmeyer warf seinem Chef einen kleinen Seitenblick zu. Der redete unbeirrt weiter.

„Wann war der letzte Gottesdienst, an dem die Orgel beteiligt war?"

Carstens dachte kurz nach.

„Das war am Mittwoch. Da war zwar kein Gottesdienst, aber wir haben hier mit dem Frauenchor geprobt und Herr Lüttersen hat uns begleitet."

Knut hakte nach. „Und hat die Orgel da auch schon komisch geklungen?"

Erik Carstens schüttelte mit dem Kopf. „Also Herr Lüttersen ist offenbar nichts aufgefallen, sonst hätte er ja was gesagt."

Knut sah seinen Assistenten überlegend an.

„Dann könnte es also sein, dass der Täter oder die Täterin den Finger irgendwann zwischen Donnerstag und Samstagabend hier versteckt hat. Wir müssen auf alle Fälle noch einmal mit Gunnar reden."

Zu Pfarrer Carstens gewandt meinte er: „Danke, das wars vorerst. Ich werde mich bei Ihnen melden. Und natürlich werden wir bis dahin die Kirche und den Friedhof abriegeln."

Carstens nickte und sah sehr verzweifelt aus.

„Gut, dass Gott überall ist und wir für ein Gebet nicht an Örtlichkeiten gebunden sind." Mit diesen Worten verließ er, das „Vater unser" murmelnd die Kirche. Knut ging ein paar Schritte vor zum mittelalterlich gemauerten Altar und blieb nachdenklich vor den 12 wunderschön geschnitzten Figuren stehen. Claas Brockmeyer trat neben ihm

„Und Chef? Was denken Sie?"

Knut überlegte sehr lange, bevor er antwortete.

„Ach wissen Sie Claas, eigentlich denke ich gerade überhaupt nichts. Ich bin nur schockiert, dass meine schöne Insel offensichtlich immer öfter Schauplatz grausamer Verbrechen wird. Wo soll das alles denn noch hinführen, frage ich Sie?"

Brockmeyer zuckte überfordert mit den Achseln. Solche mehr oder weniger philosophischen Fragen waren nicht wirklich seine Kernkompetenz. Knut seufzte.

„Kommen Sie, ich möchte nochmal schnell mit Kummert reden und dann fahren wir mal auf die Wache."

Draußen waren Ritas Leute immer noch damit beschäftigt, den Friedhof abzusuchen. Vor der Friedhofsmauer versammelten sich inzwischen immer mehr Neugierige und Schaulustige.

„Und? Habt ihr noch mehr Körperteile gefunden?"

Knut reckte den Hals und sah über die einzelnen Gräber hinweg. Rita verzog die Lippen nach unten.

„Nein, und es sieht bisher auch nicht so aus, als würde hier noch irgendetwas vergraben liegen. Ich gebe dir natürlich Bescheid, wenn doch noch was auftaucht."

Knut war weiterhin leicht skeptisch bezüglich Ritas anderem, fast schon freundlichen Tonfall, vom Äußeren mal ganz zu schweigen. Er hielt sich aber zurück und sagte lediglich.

„Alles klar, dann bleiben wir in Kontakt. Macht hinne, ich will wissen, mit wem wir es hier zu tun haben... und vor allem, warum!"

Kirchenbank St. Laurentii

Kapitel 4 - Auf der Suche nach dem Anfang

K nut saß mit Claas Brockmeyer und dem Polizeiobermeister Basti Schäffer im Besprechungsraum. Anja Morandt und ein weiterer Kollege waren sozusagen als Wachen in Süderende auf dem Friedhof geblieben. Er hatte auf dem Rückweg mit Anita telefoniert und sie kurz in Kenntnis gesetzt, dass es wohl noch eine ganze Zeit dauern würde, bis er wieder zuhause war. Natürlich hatte sie versucht, ihm sämtliche interessante Würmer aus der Nase zu ziehen, aber er hatte sich so gut wie zu keiner detaillierten Information hinreißen lassen. Danach telefonierte er mit seinem mittlerweile besten Freund Kilian Brandner, dem bayrischen Kriminalhauptkommissar aus Flensburg. Der freute sich sehr über den sonntäglichen Anruf seines Kumpels. Sie telefonierten immer mal wieder miteinander, und wenn es die Zeit und ihre Dienstpläne zuließen trafen sie sich zu viert. Knuts Verlobte Anita und Kilians Freundin Ulrike verstanden sich inzwischen blendend und beide Pärchen bedauerten es, dass sie nicht näher beieinander wohnten.

„Mensch Knut, altes Haus, schön dich zu hören. Wie geht's Euch? Was machen die Hochzeitsvorbereitungen?"

Knut rieb sich die Nasenspitze.

„Moin nach Flensburg, hier ist eigentlich alles in Butter, bis auf..."

Er schilderte seinem Kollegen die Sachlage und bat ihn, schnellstmöglich herzukommen. Als er damals beim ersten Mordfall gezwungenermaßen mit der Kripo Flensburg zusammenarbeiten musste, hätte er Kilian und dessen Kollegen Lothar Bergmann in der allerersten Sekunde am liebsten auf den Mond geschossen. Jetzt freute er sich regelrecht darauf, dass der Ermittlungsablauf die Zusammenarbeit mit Flensburg vorschrieb. Kilian lachte laut am anderen Ende der Leitung.

„Was treibt ihr Insulaner denn da? Habt ihr vor, die Insel ein wenig leerer zu machen? Kleiner Tipp: Immer erst bei den Touristen anfangen, die Einheimischen sind meist harmlos."

Er kriegte sich über seinen eigenen Scherz kaum noch ein und wieherte Knut ins Ohr.

„Ist ja gut Herr Brandner, atme mal. So witzig finde ich das alles nämlich gerade nicht."

Kilian atmete also, wie ihm geheißen tief durch und beruhigte sich wieder. Auch wenn man seiner Stimme noch anmerkte, dass er sich das Lachen schwer verkneifen musste.

„Also gut, dann schaue ich, dass ich einen Flieger rüber zu euch bekomme."

Knut atmete erleichtert auf. „Bringst du wieder deinen seltsamen Kollegen mit? Diesen Lothar sowieso?"

Kilian schmunzelte.

„Und ich habe gedacht, ICH war damals der seltsame Kollege. Du meinst Lothar Bergmann. Nein, der hat sich in eine andere Abteilung versetzten lassen. Ich habe jetzt auch so eine Art Assistentin, die ist aber mehr so..."

Er machte eine kleine Pause, dann sagte er: „Ach, das merkst du dann ja selbst. Also, wenn alles gut läuft sind wir am Nachmittag bei euch. Bis dann."

Knut wartete also nun, dass Kilian ihn anrief und er ihn und seine neue Assistentin vom Flugplatz abholen konnte. In der Zwischenzeit hatte er Claas Brockmeyer einen Block und einen Stift in die Hand gedrückt.

„Brockmeyer, sie schreiben jetzt mal auf, was wir schon alles haben. Also: Wir haben einen kleinen Finger mit einem Ring, der ein recht auffälliges Emblem hat. Dann haben wir zwei abgetrennte Hände, von denen wir ausgehen können, dass an einer davon eben genau dieser Finger fehlt. Wir wissen, dass die Kirche und auch der Zugang zur Orgel im Normalfall immer verschlossen ist, und dass der Finger sehr wahrscheinlich am Mittwoch noch nicht in der Orgelpfeife steckte. Sonst noch was?"

Fragend sah er in die Runde. Basti schüttelte den Kopf und Knut war sich sicher, dass er Brockmeyer gar nicht erst zu fragen brauchte.

„Basti, du setzt dich jetzt mal an den PC und machst dich auf die Suche nach diesem Ring. Vielleicht hilft uns das schon mal ein kleines Stück weiter. Außerdem will ich schleunigst wissen, ob wir es hier mit einer Insulanerin oder einer Touristin zu tun haben."

Einer plötzlichen Eingebung folgend griff er zum Handy.

„Stefan, ich bin's, Knut Hansen. Ich bräuchte mal deine Hilfe. Kannst du auf deinen Monitoren eventuell ein Bild veröffentlichen?"

Stefan vom „Inselradio Föhr" bejahte sofort.

„Um was geht's denn da genau? Sollen wir noch einen kleinen Beitrag dazu machen?"

Knut überlegte. Er wollte eigentlich in der Öffentlichkeit noch nicht über den Mord sprechen. Stefan gegenüber ließ er ein paar mehr Informationen vom Stapel, aber bat ihn gleichzeitig, erstmal noch Stillschweigen zu bewahren.

„Ich schicke dir das Bild gleich rüber. Föl toonk."

Er drehte sich um und sah, dass Brockmeyer in fragend anschaute.

„Kommen Sie Claas, ich brauche schnell eine kleine Stärkung, immerhin bin ich mal wieder um mein Frühstück gebracht worden. Und dann sprechen wir noch einmal mit Gunnar Lüttersen."

Da es Sonntag war und somit Fischmarkt vorne am Hafen holte er sich beim „Klatt" zwei Backfischbrötchen auf die Hand, die er beim Zurücklaufen auf die Wache verspeiste. Ein wenig bedauerte er es, keine Zeit für ein „Föhrer Gedeck" bei X-Bob im Café´ "die Insel" zu haben. So ein schönes Stück Friesentorte und einen heißen Tee „Föhrer Mischung" wären jetzt genau das Richtige gewesen für seines Vaters Sohn. Oder zumindest ein gemütliches Frühstück bei ihm zuhause, mit Anita. Aber beides blieb ihm heute wohl eher verwehrt. Immerhin gab sein Magen nun erstmal Ruhe und er konnte sich wieder dem Fall widmen. Er merkte, dass er in einer ausgesprochen ruhigen und gefassten Stimmung war. Dabei müsste er sich ja eigentlich ein wenig mehr gehetzt und getrieben fühlen. Immerhin galt es, eine Mörderin oder einen Mörder zu fassen, der äußerst radikal vorgegangen war. Mal wieder, wohlgemerkt. Die mehr als gute Luft hier schien so manchen kranken Geist auf die absurdesten Ideen zu bringen. Er machte sich auf den Weg zu Gunnar Lüttersen, der mit seiner Frau Marga im Garten saß, als Knut und Brockmeyer vorm Haus parkten

Marga sah sie kommen und winkte die beiden zu sich. Knut umarmte sie.

„Alles Gute noch nachträglich, tut mir leid, dass ich deinen Geburtstag vergessen hatte."

Er wirkte leicht zerknirscht. Marga schmunzelte.

„Na, wer gerade den zweiten Frühling durchlebt, darf doch gerne so einiges vergessen."

Sie strich ihm liebevoll über den Arm.

„Wie geht's euch beiden Turteltäubchen denn so?"

Knut verzog grinsend das Gesicht. Er nickte Gunnar zu und nahm auf dem angebotenen Gartenstuhl Platz. Claas setzte sich neben Gunnar in die Hollywood-Schaukel, die daraufhin bedrohlich anfing zu schwanken.

„Möchtet ihr beide einen Tee?" Marga hob einladend die Teekanne nach oben.

Ich war gestern im Teekontor und habe zwei tolle neue Sorten entdeckt. Der hier schmeckt richtig schön nach Früchten."

Claas Brockmeyer lehnte dankend ab, er hatte den Sinn des vielen Teetrinkens der

Föhrer noch nicht ganz verstanden. Knut freute sich, er konnte eine gute Tasse Tee richtig genießen. Marga schenkte ein und Knut zog genießerisch den Duft durch die Nase.

„Mhhh, der riecht fein. Danke dir."

Dann drehte er sich um und sprach Gunnar an.

„Geht's wieder?"

Gunnar zuckte mit den Schultern und nickte.

„Jo, muss ja, ne? War aber schon nicht schön, das kann ich dir sagen."

Knut setzte einen verständnisvollen Gesichtsausdruck auf.

„Doch, das glaube ich dir. Ich würde jetzt aber gerne von dir noch was wissen. Pfarrer Carstens hat mir erzählt, ihr hättet am letzten Mittwoch mit dem Frauenchor in der Kirche geprobt. Und du hättest die Orgel gespielt, richtig? Ist dir da vielleicht schon irgendetwas aufgefallen? Klang da schon was anders als sonst? Du machst das doch schon so lange, dir wäre das doch bestimmt aufgefallen, oder?"

Knut merkte selbst, dass seine Fragen einen leicht ungeduldigen Unterton hatten, den er eigentlich gar nicht beabsichtigte. Aber Gunnar schien es nicht bemerken und fing an, über Knuts Fragen nachzudenken.

„Wir sind jeden zweiten Mittwoch mit dem Frauenchor in der Kirche, Marga ist da normalerweise auch dabei. Aber der mittlere Enkel war zu Besuch da. Und nein, mir ist an dem Abend nichts aufgefallen. Die Orgel klang wie immer und ich weiß das, weil ich genau diesen Ton an dem Abend auch gespielt habe.

Ich hatte heute morgen so einen leicht seltsamen Geruch in der Nase, kann ihn dir aber echt nicht beschreiben. Als ich dieses „Ding" da raus gezogen hatte habe ich gemerkt, dass es das war, was so komisch gerochen hat. Also nicht verwest, aber irgendwie muffig und unangenehm."

Knut sah Brockmeyer an. Dann ließ er seinen Blick durch den wunderschönen Garten schweifen. Er beobachtete, wie sich ein Pfauenauge auf die langsam verblühenden Hibiskusblüten niederließ. Und da kam ihm ein Gedanke.

„Roch es vielleicht ein bisschen wie nach Parfüm?"

Gunnar runzelte die Stirn. Er schnüffelte, als wolle er sich dadurch den Geruch wieder ins Gedächtnis rufen.

„Also jetzt wo du es sagst: Es könnte mit viel Phantasie auch ein Parfüm gewesen sein. Aber eher so die Sorte „alte Madame", weißt du, was ich meine?"

Knut musste grinsen. Seine Mutter hatte immer so ein ganz billiges Parfüm, dass unangenehm muffig nach Mottenkugeln gerochen hatte. Er hatte mal im Spaß zu ihr gesagt „du riechst wie ein uralter Kleiderschrank" und sich dafür prompt eine

Ohrfeige eingefangen. Er konnte sich also vorstellen, was Gunnar meinte.

„Claas, fällt Ihnen noch etwas ein? Möchten wir noch was wissen?"

Der Angesprochene erschrak so sehr, dass er um seine Meinung gefragt wurde, dass er fast von der Schaukel gefallen wäre.

Er stotterte: „Äh, nein, keine Ahnung, weiß nicht, warum? Das war doch jetzt alles, oder nicht?"

Knut schlug die Augen nieder und atmete tief durch. Bei Gelegenheit musste er diesen jungen, sehr verwirrten Mann doch wirklich einmal fragen, warum er eigentlich in den Polizeidienst wollte. Er stand auf.

„Doch, ich glaube auch, dass das für heute erstmal alles war. Ich brauche dir ja wahrscheinlich nicht zu sagen, dass du hier auf der Insel bleiben sollst."

Gunnar winkte ab. Ein Föhrer verließ seine Insel nur zum Arbeiten und im absoluten Notfall.

Er stand auf und nickte. „Ich glaube, ich kann die nächsten Tage bestimmt nicht schlafen. Ich hoffe, ihr findet das Schwein bald."

Marga legte ihm beschwichtigend die Hand auf den Arm. Knut und Claas verabschiedeten sich. Als sie sich auf den Weg zurück zum Auto machten, klingelte Knuts Handy. Kilian war gelandet und wartete nun darauf, abgeholt zu werden.

„Kommen Sie, Brockmeyer, es wird Zeit für ein Stück Kuchen."

Und prompt war Claas Brockmeyer schon wieder völlig verwirrt.

Föhrer Teekontor

Kapitel 5 - Seltsame Funde

Knut und Claas fuhren zurück nach Süderende zur Kirche. Es war inzwischen 14 Uhr, vielleicht waren Rita und ihr Team ja noch da und hatten noch etwas gefunden. Wobei, dann hätte Rita ihn wahrscheinlich schon längst kontaktiert. Tatsächlich schienen sie ihre Untersuchungen weitgehend abgeschlossen zu haben.

„Und? Gibt's noch was Neues?" Knut sprach Rita an, die gerade ihre Tasche zusammenpackte.

„Nö, nichts mehr. Keine weiteren Körperteile, keine weiteren Auffälligkeiten. Ich befürchte, wir werden uns wohl die nächste Zeit noch öfter sehen. Ich kann mir nicht vorstellen, dass das schon alles gewesen sein soll."

Knut wiegte bedächtig den Kopf hin und her.

„Du gehst also davon aus, dass die Täterin oder der Täter hier noch mehr Teile auf der Insel verstreut hat?"

Rita schulterte sich ihre Tasche.

„Davon gehe ich nicht nur aus, dessen bin ich mir sogar ziemlich sicher. Du nicht?"

Knut zog die Unterlippe nach oben.

„Naja, jetzt wo du´s sagst. Könnte sehr gut möglich sein. Wir werden in den nächsten Tagen die Insel durchkämmen, zur Not mit Hundestaffel und einer Hundertschaft.

Wobei so eins, zwei Anhaltspunkte ja schon irgendwie gut wären. Wenn wir was finden gebe ich dir natürlich sofort Bescheid, ansonsten schließen wir uns einmal täglich kurz, würde ich sagen. Für heute wars das aber erstmal. Also dann, schönen Feierabend."

Rita gähnte müde, bedankte sich und machte sich auf den Weg zu ihrem Auto. Knut sah ihr nach. Das war so ziemlich das erste Mal, dass er und Rita sich nicht angegiftet hatten. Seltsam eigentlich. Claas schritt derweil die einzelnen Grabreihen ab, kam aber zu keinem nennenswerten Ergebnis. Knut überlegte, ob er die Reederei den Fährbetrieb einstellen lassen sollte. Immerhin bestand erneut die Gefahr, dass die Täterin oder der Täter völlig unbehelligt die Insel verlassen konnte. Er schnalzte kurz mit der Zunge. Beim genaueren darüber nachdenken fiel ihm allerdings ein, dass die Körperteile da ja vielleicht schon mindestens drei Tage lagen und somit auch die Täterin oder der Täter längst über alle Berge sein konnte. Er verwarf den Plan also gleich wieder. Dann hieb er sich urplötzlich an die Stirn.

„Ach Schiiet, Brockmeyer schnell, wir haben Kommissar Brandner vergessen. Auf zum Flugplatz."

Keine zehn Minuten später bogen sie auf den Parkplatz zum Flugplatz ein. Knut sah Kilian schon von Weitem stehen, war aber mehr oder weniger ein wenig geblendet davon, was da neben seinem Freund stand. Dann erinnerte er sich, dass Kilian ja seine neue Assistentin erwähnt hatte. Wenn DIE das war, würde das hier mehr als komisch werden, befürchtete er. Claas Brockmeyer, der das Auto fuhr, rutschte ein „Ach du Scheiße" über die Lippen. Knut zog die Augenbrauen nach oben und versuchte, seinen Assistenten mittels Blicken zum Mund halten zu bewegen. Sie parkten und liefen zum Eingang des Cafés und Restaurants „Am Flugplatz". Hier gab es den besten Kuchen weit und breit (wenn man von X-Bobs Friesentorte mal absah). Als Knut auf die beiden zulief wusste er nicht so recht, wie er reagieren sollte.

Die Frau, die da neben Kilian stand, war die reinste Matrone. Ein regelrechtes Mannsweib, groß, sehr korpulent, mit einem harten, kantigen Gesicht, das seltsam uneben wirkte und den zarten Hauch eines dunkelbraunen Oberlippenbärtchens auf-wies. Die Haare waren militärisch kurz und ihr Kleidungsstil offenbar eher maskulin. Sie trug eine verwaschene Jeans und ein kariertes Flanellhemd, unter dem ein weißes T-Shirt hervorblitzte. Unter den leicht wässrig wirkenden Augen hatte sie Augenringe, die fast ein wenig aussahen, als hätte sie vor kurzem eine Schlägerei gehabt. Als sie ihnen freundlich entgegenlächelte, sah man eine Reihe sehr unregelmäßig gewachsener Zähne, die einen ganz leichten Gelbstich hatten.

Knut, der bisher dachte, schlimmer als Rita ging nicht mehr, wurde schlagartig eines Besseren belehrt. Er umarmte zunächst Kilian und hieb ihm freundschaftlich auf die Schulter.

„Schön, dich zu sehen. Wenn auch unter eher ungünstigen Umständen."

Kilian stimmte ihm zu, dann drehte er sich zu seiner Begleitung um.

„Knut, darf ich vorstellen: Das ist Nora Finke. Sie ist Kommissar-Anwärterin und mir für das nächste halbe Jahr zugeteilt."

Knut wusste nicht so genau, wo er hinschauen sollte, und konzentrierte sich auf die Leichtflugzeuge, die hinter ihnen auf der Rasenfläche auf ihren Einsatz warteten. Dann gab er Nora die Hand.

„Herzlich willkommen auf Föhr, ich hoffe ihr hattet einen guten Flug?"

Nora nickte. „Ja, danke. War nur ein wenig beschwerlich wegen der engen Sitze."

Brockmeyer murmelte „Kann ich mir vorstellen" und wurde dafür von Knut mit einem bitterbösen Blick bedacht. Kilian sah sich um.

„Also, wo fangen wir an?"

Knut deutete mit dem Finger in Richtung der Eingangstür.

„Dort! Jasmin hat die leckersten Kuchen, die du dir vorstellen kannst. Nach Anita natürlich. Und ich finde, wir sollten uns zunächst stärken. Dieser Fall könnte noch sehr fordernd werden."

Sie trabten zu viert in den Innenbereich des geräumigen Cafés und Restaurants. Jasmin, die sehr sympathische Chefin freute sich, Knut wieder zu sehen. Sie waren zwar genaugenommen Nachbarn (Knut wohnte fast direkt gegenüber) aber man sah sich trotzdem viel zu selten.

„Der Herr Hauptkommissar persönlich. Was verschafft mir denn die Ehre deines doch eher seltenen Besuches? Hü gungt di det?"

Knut lächelte sie an. „Mi gungt det gud, föl toonk."

Nora sah verwirrt von einem zum anderen.

„Das klang jetzt aber sehr speziell, was sollte das gerade heißen?"

Die vier hatten mittlerweile an einem der Tische Platz genommen.

Knut erklärte ihr mit sehr viel Heimatstolz: „Das ist Fehring, unser Inseldialekt. Jasmin hat mich gefragt, wie es mir geht und ich haben geantwortet „mir geht es gut, vielen Dank". Gibt leider nicht mehr allzu viele Insulaner, die Fehring sprechen."

In seinem Gesicht erkannte man leises Bedauern. Kilian machte Nora auf die unterschiedlichen Stühle, Tische und Polsterungen aufmerksam. Er war hier nun schon zum dritten Mal, er und Ulrike hatten schon mit Knut und Anita in dem Restaurant zu Abend gegessen, als sie wieder mal zu Besuch auf Föhr gewesen waren. Und weil ihm als gebürtiger Urbayer die fast schon antik wirkenden Möbel ins Auge gestochen waren hatte er bei Jasmin nachgefragt. Und tatsächlich waren die Möbel stellenweise aus Haushaltsauflösungen, gefundene Erbstücke, die der Wirtin angeboten wurden oder einfach nur alte Stücke, die keiner mehr brauchte, oder wollte. Sie wurden von Jasmin liebevoll aufgearbeitet, restauriert und neu gepolstert, und durften nun ihr zweites Leben hier verbringen. Nora nickte anerkennend.

„Das finde ich toll, richtig schöne Arbeit. Entschuldigt mich bitte kurz, ich müsste mal für kleine Prinzessinnen."

Sie stand auf und machte sich auf den Weg zu den Toiletten. Sie hatte kaum den Raum verlassen, da beugte sich Knut über den Tisch hinüber zu Kilian.

„Was ist DAS denn bitte???"

Kilian rieb sich die Hände und feixte.

„Das, mein lieber Knut, ist die fähigste Mitarbeiterin, die ich je an meiner Seite hatte. Ein absolut toller Mensch, angenehm in ihrer Art, humorvoll und vor allem unglaublich gewitzt. Sie hinterfragt, macht sich ihre eigenen Gedanken, kombiniert recht schlüssig und manchmal sogar für mich unerwartet. Sie hat ein Praktikum im Profiling und mich mit ihren Schlussfolgerungen schon das ein oder andere Mal ziemlich verblüfft und überrascht."

Knut überlegte, ob das mit dem offenen Mund bei ihm so langsam zur Gewohnheit werden würde. Er war gerade völlig von den Socken. Er hatte sich also irrtümlicher- und fast schon beschämenderweise völlig vom Äußeren blenden lassen. Ein wenig peinlich berührt beschloss er für sich, Nora gegenüber nun aufgeschlossener und vor allem interessierter an ihrer Meinung, und auch an ihrer Person zu sein.

Nora kam von der Toilette zurück und mit ihr Jasmin, beladen mit einem Tablett mit Kaffee und Kuchen. Sie stellte alles zusammen auf den Tisch und verteilte es. Knut bekam einen „Käpt´n Blaubeer", den mochte er hier am liebsten. Kilian hatte sich für das Gleiche entschieden, Claas und Nora freuten sich auf einen schokoladigen Cheesecake. Als Kilian die erste Gabel voll im Mund hatte verdrehte er genüsslich die Augen.

„Oh, der ist ja fantastisch, das hast du echt nicht zu viel versprochen. Ist Anita da nicht eifersüchtig, wenn du die Kuchen von anderen Frauen isst?"

Er kannte Anitas Temperament nur zu gut. Knut verzog ein wenig die Lippen, dann lächelte er.

„Nein, Jasmins Kuchen darf ich glücklicherweise essen, da hat sie nichts gegen. Bei anderen Frauen wäre es da wahrscheinlich schon problematischer."

Er lachte. Nora sah neugierig von einem zum anderen.

„Ist Anita deine Frau?" fragte sie, an Knut gewandt. Knut sah sie schelmisch an.

„NOCH nicht, das werden wir aber demnächst ändern."

Er plauderte ein wenig aus dem Nähkästchen, während sie ihre Teller und Tassen leerten. Nachdem Jasmin abgeräumt hatte lehnte Kilian sich zurück und trommelte mit den Fingern auf den Tisch.

„So, dann erzähl doch mal, mit was wir es bis jetzt zu tun haben."

Knut sah zu Claas Brockmeyer, der prompt seinen Notizblock zückte. Dann brachten sie gemeinsam Kilian und seine Assistentin Nora auf den neuesten Stand. Wobei dieser Stand ja noch nicht wirklich viel zu bieten hatte. Kilian und Nora sahen sich an.

„Vielleicht ein Sadist? Also einer, dem es einfach nur wichtig ist, seine Opfer zu quälen?

Und die Frau war einfach eine Art Zufallsopfer?"

Kilian suchte nach einem Denkansatz, den Nora aber sofort in eine andere Richtung lenkte.

„Ich kann mir in dem Fall einen Zufall nicht wirklich vorstellen, wer bringt denn schon zufällig eine alte Frau um?"

Knut wandte ein: „Ich weiß, das klingt jetzt utopisch, aber vielleicht ist sie ja auch noch gar nicht tot. Er oder sie hat ihr zwar die Hände abgehackt, aber selbst damit könnte sie ja noch weiterleben, oder meint ihr nicht?

Und damit wären wir dann wieder bei Kilians Sadist."

Claas sah von einem zum andern und schrieb fleißig mit. Nora schüttelte den Kopf.

„Also ich gehe im Moment davon aus, dass die Frau tot ist. Fragt mich nicht, ist einfach nur so ein Gefühl. Ist halt alles noch reichlich schwierig, so ganz ohne weitere Anhaltspunkte."

Kilian nickte.

„Da hat Nora recht, wir bräuchten zumindest mal den Namen der Frau. Wann hat Plüsch gemeint, dass er weitere Erkenntnisse haben wird?"

Knut hatte Jasmin herbei gewunken.

„Mach mal eine komplette Rechnung, vielleicht kann ich das hier ja als „Geschäfts-Kaffeetrinken" absetzen."

Kilian schüttelte grinsend den Kopf. Nachdem Knut bezahlt hatte, machten sie sich zurück auf den Weg zur Wache.

„Plüsch hat versprochen, sich morgen mal zu melden. Vielleicht gelingt es uns ja, anhand seiner Erkenntnisse herauszufinden, wer die Frau war."

In der Wache versammelten sie sich im Konferenzraum und trugen zusammen, was sie bisher hatten. Vor allem Basti hatte Neuigkeiten.

„Ich konnte etwas über den Ring herausfinden. Das Siegel darauf ist zwar ziemlich abgenutzt, aber laut Recherchen dürfte das das Wappen der Familie Petersen sein."

Knut stutzte. Der Nachname Petersen war auf der Insel recht gängig, der bekannteste Träger dieses Namens allerdings war Matthias Petersen, der „Glückliche Matthias".

Er blätterte durch die Ausdrucke, die Basti auf den Tisch gelegt hatte und reichte sie an Kilian weiter.

„Also DOCH ein Mord aus Vorsatz und keine pure Lust am Töten?"

Nora dachte laut nach. Knut konnte ihr nicht ganz folgen.

„Wie kommst du darauf?"

Sie biss sich auf die Unterlippe. „Nun, ihr habt ihre Hände quasi im Grab vom „Glücklichen Matthias" gefunden, und jetzt gehen wir mal davon aus, dass der Ring tatsächlich eine Verbindung zu diesem

Walfänger aufweist... Dann finde ich, wäre das ein wenig arg viel Zufall."

Kilian machte eine Handbewegung, als wolle er sagen „Siehste, hab ich doch gesagt, die Frau ist fit."

Knut dachte nach. Nora könnte recht haben, das wäre auf jeden Fall schon mal ein Anhaltspunkt. Er sah auf die Uhr, die ihm gegenüber an der Wand hing. Inzwischen war es viertel nach fünf nachmittags.

„Wisst ihr was, wir machen für heute Schluss. Wir kommen so nicht weiter und warten jetzt mal, was Plüsch morgen für uns hat."

Er stand auf.

„Kilian, ich habe dich und Nora bei uns einquartiert. Anita weiß schon Bescheid und wird euch mit Sicherheit heute Abend fürstlich bekochen."

Basti sammelte die Zettel wieder zusammen, die quer über den Tisch verstreut waren.

„Ich guck nochmal, ob ich noch ein bisschen was über den Ring herausfinden kann. Wir sehen uns dann morgen. Schönen Feierabend."

Knut, Kilian und Nora fuhren zurück in Richtung Flugplatz, Knuts Haus lag fast genau gegenüber. Es stand auf einem kleinen Hügel, mit direktem Blick aufs Meer. Für Knut damals ein echter Glücksgriff, wie oft hatte er unten im Sand gestanden und zu diesem Haus hinaufgestarrt.

Als es die Vorbesitzerin zum Verkauf angeboten hatte war er derjenige, der den Zuschlag erhielt. Und er hätte glücklicher nicht sein können. Das Haus war nicht wirklich groß, aber er hatte es sich nach seinen Bedürfnissen eingerichtet. Und seit Anita tatkräftig mittendrin herumwuselte bekamen seine Räume sogar einen ganz gemütlichen, friesischen Touch. Sie verbrachten einen sehr entspannten Abend zu viert, auch wenn Anita es sehr bedauerte, dass Ulrike, Kilians Freundin, nicht dabei sein konnte. Am nächsten Tag wollten und sollten sie neue Erkenntnisse erlangen.

Café/Restaurant „Am Flugplatz"

Kapitel 6 - Puzzleteile

Pünktlich um acht Uhr morgens saßen sie zu sechst im Konferenzraum der Wache rund um den aufgeklappten Laptop. Anja Morandt hatte auf die altmodische Art und Weise eine Kanne Kaffee gekocht und Basti Schäffer hatte belegte Brötchen besorgt. Bestens versorgt warteten sie nun darauf, dass ihnen der Gerichtsmediziner zu neuen Erkenntnissen verhalf. Basti hatte Knut, Kilian und Nora schon darüber informiert, dass ihn seine Recherchen am Vortag nicht wirklich weitergebracht hatten. Das Wappen auf dem Ring gehörte wohl tatsächlich zur Familie Petersen, aber inwiefern das Opfer damit in Verbindung stand, konnte man noch nicht nachvollziehen.

Immerhin hätte sie ja den Ring auch auf einem Flohmarkt erworben haben können. Claas griff gerade zu seinem zweiten Brötchen, das mit Föhrer Inselkäse belegt war, als Hinnerk „Plüsch" Petersen auf dem Bildschirm erschien. Reflexartig hörte er auf zu kauen, legte sein Brötchen zurück auf die Serviette und griff nach seinem Notizblock. Auch die anderen richteten sich auf, jeder wartete gespannt auf die bisherigen Ergebnisse. Hinnerks Haare standen in allen Himmelsrichtungen ab, er sah aus, als hätte er kaum bis gar nicht geschlafen. Wie zum Beweis gähnte er.

„Also eins kann ich euch sagen: Eure Körperteile haben mir mehr Arbeit gemacht als eine ganze Leiche. Aber..." er machte eine dramatische Pause... „ich habe wirklich spannende und ziemlich aufregende Neuigkeiten.

Knut, bei dem die Geduld nicht gerade zu seinen Kernkompetenzen zählte, knurrte.

„Mensch, mach hinne, auch wenn das so aussieht: Du bist hier nicht bei einem Krimi-Dinner."

Nora prustete kurz, dann nickte sie zustimmend. Plüsch sah ein klein wenig beleidigt aus, als er hinter sich griff und ein Klemmbrett zutage förderte.

„Ja, verdirb mir nur das bisschen Spaß, den ich hier habe. Also aufgemerkt und zugehört. Unser Opfer ist, wie ihr euch ja schon gedacht habt, eine Frau. Aber jetzt kommt der Knaller. Ich kann euch sogar sagen, wie sie heißt, wie alt sie war und sogar ein klein wenig was zu ihrer Vergangenheit."

Im gesamten Raum wurde es mit einem Mal mucksmäuschenstill.

„Also, unsere Tote heißt Tilda Svensson, war zum Zeitpunkt ihres vermeintlichen Todes 73 Jahre alt, eine echte Insulanerin und verwitwet. Und sie führte von 1970 bis 1990 ein privates Kinderheim in Nieblum."

Hinnerk strahlte, er freute sich diebisch über die verblüfften Gesichter auf der anderen Seite des Laptops. Knut runzelte die Stirn.

„Und das hast du alles herausgefunden, weil du an bisschen an dem kleinen Finger und den beiden Händen herumgeschnippelt hast? Komm schon Plüsch, lass uns hier nicht dumm sterben!"

Hinnerk Petersen warf wieder einen Blick auf seine Klatte, dann fuhr er fort.

„Nein, also nicht direkt jedenfalls. Die Fingerabdrücke der alten Dame waren im System gespeichert. Sie saß vom Jahr 2000 bis zum April 2010 im Gefängnis wegen Misshandlung Schutzbefohlener. Das heißt, sie hat wohl im Laufe ihrer Arbeit als Kinderheim-Leiterin jede Menge schlimmes Unheil angerichtet. Eigene Kinder hatte sie keine. Ich war so frei, und habe euch die Akten bereits per Mail rübergeschickt.

Ich befürchte, da habt ihr dieses Mal einen ganzen Stall voll von Verdächtigen. Und es würde ja genaugenommen auch noch der ein oder andere Körperteil fehlen. Ich wünsche euch nun viel Erfolg beim Ermitteln. Sollte ich hier noch etwas Neues in Erfahrung bringen melde ich mich wieder. Und Tschüss!"

Sprach`s und verschwand vom Bildschirm. Knut klappte den Laptop zu und machte ziemlich laut „Puhhh". Der Rest der Mannschaft war zunächst sprachlos, Anja schaute regelrecht erschüttert. Nora fand als Erste die Sprache wieder.

„Also kämen mit Sicherheit so einige als Mörderin oder Mörder in Frage. Zumindest schon mal die, die unter ihr gelitten haben und misshandelt wurden. Das heißt, wir müssen uns zunächst um eine Liste mit all den Kindern kümmern, die in dem Zeitraum in Tilda Svenssons Obhut waren."

Kilian nickte. „Sehr guter Ansatz, Nora. Ich denke, genau damit sollten wir starten. Knut, würdest du dich mit Brockmeyer um diese Liste kümmern? Ihr als Einheimische wisst doch besser und schneller, wen man da fragen muss."

Er zwinkerte. „Nora und ich würden uns in der Zwischenzeit im Haus des Opfers umsehen. Und Basti, du und Anja könntet versuchen herauszufinden, wo Tilda Svensson diesen Ring hergehabt haben könnte."

Er sah die Anwesenden der Reihe nach an.

„Knut, alles ok bei dir? Du wirkst ein wenig abwesend. Ist mein Plan so in Ordnung für dich?"

Knut blinzelte kurz, dann sah er Kilian an.

„Was? Ach so, ja, nein, doch, alles prima. Genauso machen wir es. Brockmeyer, ab ins Auto, wir müssen zu Magrit in die Gemeindeverwaltung nach Nieblum."

Er warf sich seine Übergangjacke über und stiefelte hinaus. Kilian flitzte ihm hinterher.

„He mein Freund, alles gut bei dir?"

Er hatte ihn am Ausgang eingeholt und legte eine Hand auf Knuts Schulter. Der atmete hörbar ein und wieder aus. Dann drehte er sich zu Kilian um.

„Weißt du, was mich dabei so unheimlich wütend und gleichzeitig wahnsinnig traurig macht? Mord ist immer etwas ganz Furchtbares, darüber brauchen wir nicht reden. Aber Mord an einer Einheimischen? Meine Insel ist mein Schutzort, hier kann mir eigentlich nichts passieren. Man kennt sich, man respektiert sich, man diskutiert auch mal... aber man bringt sich doch nicht gegenseitig um!

Und dann kommt da aber der Gedanke, dass sie Kindern weh getan hat, kleinen hilflosen Wesen, auf die sie hätte aufpassen und sie beschützen sollen. Und ich merke, dass sich in mir ein Gedanke breit macht, den ich als Polizist und auch als Mensch gar nicht erst denken dürfte. Kein Mensch hat es eigentlich verdient, ermordet zu werden."

Kilian hatte ihm schweigend zugehört. Knut redete selten so viel am Stück, er hatte ihn nicht unterbrechen wollen. Aber er verstand, worauf Knut hinauswollte.

„Du meinst, wer so ein Verbrechen begeht wie die Svensson musste bestraft werden, richtig?"

Knut schluckte und nickte.

„Nun, ich denke mal unsere Mörderin oder unser Mörder waren da der gleichen Ansicht. Na komm, lass uns den Täter finden und deine Insel wieder sicher machen."

Knut steckte die Hände in die Jackentaschen und folgte dann Claas Brockmeyer nachdenklich zum Auto.

Seitenstraße in Wyk

Kapitel 7 - Die Welt ist ein Dorf

Knut Hansen und Claas Brockmeyer standen knapp 15 Minuten später vor der ältlichen Sekretärin des Nieblumer Bürgermeisters, Margrit Ostermann. Knut hatte ihr gerade geschildert, um was es ging. Margret war im ersten Moment völlig schockiert.

„Die alte Svensson wurde ermordet? Ach Gott, wie schrecklich. Obwohl, ganz ehrlich?" Ihre Stimme wurde zu einem Flüstern und sie beugte sich ein wenig über den Tresen nach vorne.

„Ich bin ja der Meinung, dass sie das schon irgendwie verdient hat. Tilda war eine richtige Hexe, eine echt böse Frau. Das hat damals keiner verstanden, wie man so einer wie der die Genehmigung für ein privat geführtes Kinderheim erteilen konnte. Und ihr Mann, der Jörn war auch nicht viel besser. Es wusste jeder, dass es die Kinder dort nicht wirklich gut hatten. Aber man hatte einfach nicht genügend handfeste Beweise.

Und jedes Mal, wenn eine Überprüfung des Jugendamtes stattfand, haben Tilda und Jörn ihr Heim in ein wahres Kinderparadies verwandelt. Bis mal so eine ganz gewitzte Mitarbeiterin unangekündigt vor der Tür stand. Ab da wurden die Beschwerden ernster genommen. Und im Jahr 2000 hat dann endlich ein ehemaliges Pflegekind allen Mut zusammengenommen und Anzeige erstattet. Und da kam dann so einiges ans Tageslicht.

Tilda und Jörn wanderten ins Gefängnis, er für 15 Jahre, sie für zehn Jahre. Der Jörn hat sich vor zehn Jahren aufgehängt, offenbar hat ihm irgendwann dann doch sein Gewissen keine Ruhe mehr gelassen. Ab dem Zeitpunkt wurde Tilda immer seltsamer. Sie hatten sich beide nach der Geschichte damals sowieso sehr zurückgezogen, aber nach dem Tod ihres Mannes hat man sie kaum noch gesehen. Mich hat´s eh gewundert, dass die beiden nach ihrer Entlassung wieder hierher zurückgekehrt sind. Freunde hatten die hier auf der Insel nämlich verständlicherweise keine mehr.“

Margrit ließ sich zurück auf ihren Drehstuhl fallen und hob die Handflächen nach oben. Knut sah hinüber zu seinem Assistenten, der es irgendwann aufgegeben hatte, dem Flut der Wörter schriftlich hinterherzukommen.

„Sehen Sie Claas, DAS ist der Vorteil an so einer kleinen Insel. Da kommt man schneller und einfacher an inhaltlich wertvolle Informationen wie einem manchmal lieb ist.“

Er drehte sich zu Margrit um.

„Es gibt doch bestimmt noch in irgendeinem Archiv Unterlagen zu dem Kinderheim, nehme ich an? Könntest du mir die eventuell raussuchen? Und wenn dir noch etwas zum Thema „Tilda Svensson“ einfällt darfst du mich natürlich jederzeit anrufen.“

Er drückte ihr seine Visitenkarte in die Hand. Margrit warf einen Blick darauf.

„Hach ja, aus Kindern werden Leute. Ich weiß noch, wie du damals in deinen kurzen Knickerbockern immer mit Oma Jansen zum Jahrmarkt kamst. Gestrahlt hast du über alle vier Backen und Oma musste so lange mit dir Schiffschaukel fahren und Eis essen, bis es dem kleinen Knut zu viel wurde und er im hohen Bogen gek..."

„Ja, ist gut jetzt Margrit, wir müssen dann auch mal wieder weiter. Lass mir bitte die Unterlagen so bald wie möglich zukommen, ja?"

Knut war der gedankliche Ausflug von Margrit in seine eigene Kindheit sichtlich peinlich und er schob Claas regelrecht zur Tür hinaus. Margrit winkte ihnen hinterher. Knut ließ sich kopfschüttelnd auf die Beifahrerseite des Dienstwagens fallen und schnallte sich an. Claas Brockmeyer konnte sich ein Grinsen nicht verkneifen. Knut funkelte ihn an.

„Kein Wort Brockmeyer, sonst verfüttere ich Sie an die riesigen Nordseehaie."

Brockmeyer zog mit Daumen und Zeigefinger eine Linie über seine Lippen und warf einen imaginären Schlüssel weg.

„Wohin jetzt Chef?"

Knut fummelte sich durch seine Jacke.

„Also dieses Teil hat definitiv zu viele Taschen. Ah, da ist er ja."

Er förderte einen Zettel zu Tage und reichte ihn an Claas weiter.

„Hierhin, da hat Frau Svensson zuletzt gelebt. Ich möchte mich dort auch mal noch ein wenig umschauen. Vielleicht sind die Kollegen Brandner und Finke ja auch noch dort."

Einige Minuten später standen Hansen und Brockmeyer vor einem etwas vernachlässigten, man könnte sagen fast schon heruntergekommenen kleinen Bauernhaus. Tatsächlich waren Kilian und Nora noch da, sie standen gerade in dem kleinen, sehr verwilderten Garten, der von der Straße kaum einzusehen war.

Knut winkte.

„Einmal durch die Haustür nach hinten durch, kannst du nicht verfehlen."

Knut und Claas gingen durch den dunklen, muffig riechenden Hausflur in den zugewachsenen Garten. Kilian und Nora hatten beide einen „Café to go"- Becher in der Hand, Nora rauchte.

„Und? Was Spannendes gefunden?"

Knut sah sich um. Hier hatte schon ewig keiner mehr irgendwas gemacht. Das Unkraut stand an manchen Stellen fast hüfthoch. Disteln, Wildblumen und zwei uralte Kirschbäume hatten die Herrschaft über das kleine Grundstück übernommen. Kilian nippte an seinem Kaffee.

„Tja, was soll ich sagen? Laut Nachbarn hat Frau Svensson hier alleine gelebt. Sie ging wohl kaum noch aus dem Haus, galt hier im Umkreis als sehr verschroben und eigenartig. Außerdem war sie, dank ihrer Vergangenheit, auch nicht sonderlich beliebt. Man könnte sagen, den Nachbarn war es reichlich egal, was sie machte, wahrscheinlich wäre sie irgendwann eines einsamen Todes gestorben und es hätte wochenlang nicht mal einer bemerkt."

Nora sah den Wolken hinterher, die vom Wind Richtung Norden getrieben wurden.

„Ist doch eigentlich schon traurig, oder?"

Knut pflichtete ihr zwar bei, merkte aber auch, dass ihm das Schicksal der alten Dame doch nicht so sehr zu Herzen ging, wie er anfangs gedacht hatte. Wenn Kindern ein Leid zugefügt wurde hörte für ihn das Verständnis und das Mitleid nun mal völlig auf.

„Habt ihr drin noch was gefunden, was uns weiterhelfen könnte?"

Kilian leerte seinen Becher und zeigte Knut an, ihm zu folgen. Sie gingen zurück ins Haus und dort nach rechts in eine kleine, verhältnismäßig saubere Küche. Auch hier lag ein sehr aufdringlicher und unangenehm muffiger Geruch in der Luft. Knut hielt sich kurz die Nase zu.

„Ja, das ist uns auch aufgefallen."

Kilian schnüffelte kurz.

„Oben im Bad stehen uralte Parfümflakons, und im ganzen Haus riecht es, als hätte jemand Mottenkugeln an die Wand geworfen."

Knut dachte an Gunnar Lüttersen, der berichtet hatte, dass der Finger ganz unangenehm gerochen hatte. Die musste sich das Zeug ja praktisch literweise aufgesprüht haben. Auf dem Küchentisch standen zehn Cellophan Tütchen, die Knut sofort auf den ersten Blick erkannte. Es waren Bonbon-Tüten aus der Manufaktur „Föhrer Snupkroom". Er war dort in schöner Regelmäßigkeit Stammgast und versorgte sich immer mit „Cappuccino-Karamell-Vanille" und seiner heißgeliebten Mischung „Föhrer Süße Träume".

Leckere handgemachte Schokoladen-Bonbons, von denen er nicht genug kriegen konnte. Sie hatten ihm schon so manchen Arbeitstag versüßt, wenn er es zeitlich mal wieder nicht zu X-Bob ins Café „die Insel" und dessen Friesentorte schaffte.

„Sagen dir die Tütchen irgendwas? Was ist denn dieser „Snupkroom"?"

Knut sah ihn fast schon ein wenig vorwurfsvoll an.

„Der „Snupkroom" ist eine Bonbon-Manufaktur, in der alle diese Köstlichkeiten noch per Hand hergestellt werden. Wir sollten da unbedingt mal hin, solange ihr noch auf der Insel seid."

Kilian betrachtete sich die kleinen Tütchen ein wenig genauer. Offenbar mochte

Tilda Svensson die Eierlikör-Bonbons am liebsten.

„Im Mülleimer haben wir noch ein paar leere Tüten gefunden. Ansonsten macht einen das Haus hier fast schon ein wenig depressiv."

Nora hatte ihre Zigarette zu Ende geraucht und kam zu den beiden Hauptkommissare in die Küche.

„Also so wie ich das sehe, war Tilda Svensson Zeit ihres Lebens eine herrschsüchtige und sehr anstrengende Person. Ich denke mal, sie hatte schon früher kein wirkliches Sozialleben und scheint das auch nie gebraucht zu haben."

Knut sah sie fragend an. „Wie kommst du denn darauf?"

Nora sah sich um.

„Nirgends Bilder oder Erinnerungen, keiner der Räume strahlt Liebe oder Wärme aus, es gibt hier weder einen Fernseher noch ein Radio. So, als wollte sie sich völlig von der Außenwelt abgrenzen."

Kilian und Knut sahen sich an. Die junge Frau könnte recht haben. Vielleicht lohnte sich auch noch einmal das ein oder andere Gespräch mit den Nachbarn. In diesem Moment klingelte Knuts Handy. Basti hatte inzwischen herausgefunden, was es mit dem Siegelring des Opfers auf sich hatte.

„Tilda Svensson scheint wohl wirklich eine echte Nachfahrin des „Glücklichen Matthias" zu sein. Jemand hat auf der

Internet-Seite vom „Inselradio Föhr" den Ring erkannt und laut meiner anschließenden Recherchen war Matthias Petersen ihr „ichweißnichtwievielte"-Urgroßvater. Von daher ist der Ring wohl ein legitimes Erbstück."

Knut bedankte sich und legte auf.

„Das Opfer war mit dem „Glücklichen Matthias" sehr weitläufig verwandt. Jetzt stellt sich natürlich die Frage, ob die Täterin oder der Täter das wusste und ihre Hände deshalb bei dem Grab verbuddelt hat."

Kilian überlegte.

„Das heißt, wir sollten überlegen, ob es hier auf der Insel noch mehr Orte gibt, die man mit dem „Glücklichen Matthias" in Verbindung bringen könnte."

Knut schlug sich an die Stirn und hieb Brockmeyer, der neben ihm stand mit dem Ellenbogen in die Rippen.

„Mensch, klar, dass ich da nicht schon früher draufgekommen bin. Na Brocki, wo könnten wir denn nun als Nächstes hin? Denken Sie mal ganz scharf nach."

Claas Brockmeyer sah Knut an wie eine Kuh, wenns blitzt. Dann erhellte sich mit einem Mal sein rundes Gesicht.

„Zur Gaststätte „Zum Glücklichen Matthias" vielleicht?"

Knut klopfte ihm auf die Schulter.

„Ach, Sie sind ja heute wirklich ein unglaublicher Pfiffikus, das haben Sie richtig gut erkannt."

Kilian und Nora konnten sich das Lachen kaum verkneifen und Claas sah aus wie ein Hund, der gelobt worden war und jetzt auf sein Leckerli wartete.

„Also dann, auf zum „Glücklichen Matthias"!"

Ungefähr eine Viertelstunde später standen Sie in der Feldstraße in Wyk und blickten hoch zur Fassade des Gebäudes. Im ersten Stock am Balkon baumelte ein Pirat an einem Seil, das Gaststätten-Schild zeigte einen sehr zufriedenen, bärtigen, rundlichen Mann, der stolz einen großen Wal in den Händen hielt. Knut hatte unterwegs mit der Besitzerin telefoniert, die nun schon erwartungsvoll und gespannt vor der Tür auf sie wartete.

„Gudai Ierma, na, hü gungt di det?"

Ierma Konsch, eine Ur-Föhrerin wie Knut freute sich, ihn mal wieder zu sehen.

„Mensch Knut, lange her. Mi gunt det gud. Viel zu tun, aber das kennst du ja." Sie zwinkerte. „Was verschafft mir die Ehre eures doch recht frühen Besuches?"

Neugierig sah sie zu Kilian und Nora. Nora hatte dieses Mal alles verstanden und lächelte zufrieden. Knut sah sich um und musterte das Haus nun genauer.

„Du hast doch bestimmt schon von unserer Toten in der St. Laurentii gehört, nehme ich an?" Ierma nickte. „Und im Zuge dessen sind wir nun auf der Suche nach den noch fehlenden Teilen unseres Opfers. Also Beinen, Füßen, Kopf... der gesamte Rest also. Wir haben bisher nämlich nur die Hände gefunden und es könnte laut Nachforschungen gut möglich sein, dass noch andere Körperteile der Dame hier zu finden sind."

Ierma verzog angewidert das Gesicht.

„Nicht dein Ernst, das ist ja ekelhaft. Und wo denkt ihr hier was zu finden?"

Kilian zuckte mit den Achseln.

„Das wissen wir ehrlich gesagt selbst noch nicht, es ist bisher auch nur eine Vermutung. Vielleicht ist hier auch nichts und wir müssen weitersuchen. Dürfen wir uns einfach mal drinnen umschauen?"

Ierma nickte. „Na klar, seht euch um, ich habe euch schon alles aufgeschlossen. Ich warte hier draußen, bis ihr fertig seid. Hast du eigentlich dieses Mal auch wieder den Fährbetrieb eingestellt? Ich müsste nämlich morgen mal aufs Festland."

Mit diesem Problem hatte Knut dieses Mal lange gekämpft. Er konnte sich noch sehr gut daran erinnern, was das beim letzten Mal für ein logistischer Aufwand gewesen war. Da er aber aktuell davon ausging, dass dieser Mord keine touristische Sache war, sondern ein „Insel-interner" Fall zu sein schien hatte er beschlossen, den Fährbetrieb ganz normal weiterlaufen zu lassen.

„Ne, fährt alles ganz nach Plan, außer natürlich das Wetter macht dir einen Strich durch die Rechnung."

Im September waren Sturmfluten gar nicht mal so unüblich, als Insulaner wusste man, dass man sich nun mal mit den Launen der Nordsee abfinden musste. Knut, Kilian, Nora und Claas machten sich auf den Weg in den Gastraum. Sie standen dort im Kreis und sahen sich angespannt um.

„Leute, ich habe gerade so ein ganz ungutes Gefühl."

Nora fuhr sich mit den Händen über die Oberarme, dann lief sie spontan auf die Küche zu. Kilian, Knut und Claas folgten ihr. Und sie waren sich recht schnellsicher, dass sie auf der richtigen Spur waren. Denn auch hier lag dieser seltsam muffige Geruch in der Luft.

„Mal ehrlich, was wird in einer Gaststätte am häufigsten benutzt?"

Kilian runzelte die Augenbrauen. „Keine Ahnung, der Kühlschrank vielleicht?"

Sie bauten sich vor dem Kühlgerät auf, wie die Kavallerie kurz vorm Einsatz.

„Claas, machen Sie mal die Tür auf!"

Knut schob seinen Assistenten entschlossen nach vorne, der wenig von dieser Idee begeistert zu sein schien. Ganz langsam, als würde er die Büchse der Pandora öffnen müssen zog er die Tür nach außen auf. Vier Augenpaare lugten angespannt ins Innere. Aber außer Eiern, Gemüse, Butter, Soßen und Käse fand sich nichts darin, was den Einsatz der Polizei hier rechtfertigte. Claas tippte sich nachdenklich an die Stirn.

„Vielleicht noch der Backofen?"

Knut sah ihn verwundert an.

„Also ernsthaft, Sie verblüffen mich heute. Ihre Idee, Ihre Backofentür. Bitte schön."

Er zeigte auf die große Ofentür, die leicht angelehnt war. Da Claas selbst nicht damit rechnete, dass er Recht gehabt haben könnte, öffnete er mit reichlich Schwung die Klappe und stolperte mit einem Aufschrei zurück. Nora schrie vor lauter Schreck laut mit auf, und Knut donnerte rückwärts an eine der Arbeitsplatten.

„Klappt`s noch?? Was soll das denn?" fluchte er.

Claas deutete zitternd auf den Backofeninhalt und flüchtete dann nach draußen, um sich und seinem Mageninhalt Luft zu verschaffen. Kilian zog sich Handschuhe über und zog vorsichtig an dem großen Zeh, der nun durch die offene Backofentür lugte. Nach und nach beförderte er zwei Füße und die dazugehörigen Beine zutage. Und sofort breitete sich in der Küche der gleiche muffige Gestank aus wie im Haus von Tilda Svensson.

„Na toll, auch noch alles einzeln."

Knut griff nach einer Rolle Mülltüten, die er auf einer der Ablagen gefunden hatte und legte damit den Boden aus. Danach platzierten sie die Körperteile darauf.

„Ich werde mal die Kummert her pfeifen, das sieht nach reichlich Arbeit aus, würde ich mal sagen."

Knut ging hinaus zum Telefonieren. Draußen traf er auf Ierma, die besorgt über Brockmeyers Rücken strich, während er sich stöhnend und würgend an einen Baum am Straßenrand lehnte.

„Ihr habt da drin nicht wirklich was gefunden, oder doch?"

Knut wählte derweil Ritas Nummer.

„Doch, sozusagen das Untergestell. Du wirst die nächsten Tage erst einmal geschlossen lassen müssen, befürchte ich. Zumindest mal so lange, bis die Spurensicherung durch ist."

Er informierte Rita über den aktuellen Fund und trieb sie zur Eile an. Dann wandte er sich wieder an Ierma.

„Wie hattet ihr denn die letzten Tage offen?"

Die Besitzerin der Gaststätte schob die Hände in die Hosentaschen.

„Wir haben jetzt eigentlich eine Woche Betriebsferien, vom letzten Donnerstag bis einschließlich dieses Mittwochs." Kilian und Nora traten zu den beiden, Nora hatte den Satz gerade noch mitbekommen.

„Also perfekt für unsere Täterin, beziehungsweise unseren Täter. So konnte sie oder er problemlos die Leichenteile loswerden, ohne, dass er von jemandem gestört werden würde. Ob er das gewusst hat? Frau Konsch, ist Ihnen die Tage zuvor irgendetwas Seltsames aufgefallen? Jemand, der sich hier herumgetrieben oder vielleicht komische Fragen gestellt hat?"

Ierma dachte lange nach, dann schüttelte sie den Kopf.

„Nicht das ich wüsste. Ich finde es gerade aber ziemlich grauselig, was ist das denn für ein Wahnsinniger? Da muss man ja echt Angst um sein eigen Leib und Leben haben."

Sie schaute sich nervös um. Kilians Handy klingelte und er entfernte sich ein paar Schritte, um ungestört telefonieren zu können. Als er zurückkam nickte er Knut zu. Der verstand zwar noch nicht, warum, sah das aber als ein Zeichen, sich von hier zu verabschieden.

„Die Kollegin Morandt kommt gleich zu dir, bitte bleib so lange hier draußen, dass drinnen nicht noch mehr Spuren verwischt werden. Ich werde dich anrufen, sobald ihr den Betrieb wieder aufnehmen könnt. Wobei ich dir eventuell zu der Anschaffung eines neuen Backofens raten würde."

Er gab ihr die Hand, dann ging er Kilian hinterher, der schon auf dem Weg zum Auto war.

„Was ist denn los? Gibt's was Neues?"

Kilian wartete, bis Nora Finke bei ihnen am Auto stand. Claas Brockmeyer tappte, innerlich nun völlig entleert, kraftlos hinterher.

„Die Liste mit den damaligen Heimkindern ist mittlerweile auf der Wache, ich würde sagen, auf uns wartet Arbeit."

Föhrer Snupkroom

Kapitel 8 - Schatten der Vergangenheit

Nachdem Knut, Kilian, Nora und Claas sich die Liste angesehen hatte wurde ihnen klar, dass die Ermittlungen in diesem Fall langwierig und vor allem herausfordernd werden konnten. Hier ging es um einzelne Schicksale, die sie mit Sicherheit durch ihre Befragungen wieder aufwühlen würden. Kilian war da eher pragmatisch.

„Ich würde sagen, wir arbeiten uns einmal von oben nach unten durch. Jeder nimmt sich einen Verdächtigen zur Brust und am Ende des Tages sammeln wir unsere Ergebnisse." Sie nickten reihum, der Vorschlag erschien einleuchtend und würde ihnen einiges an Zeitvorteil verschaffen. Knut stimmte zu.

„Basti, bestell uns mal die ersten vier von der Liste hierher. Und ich bin dafür, wir statten in der Zeit, bis die ersten da sind, X-Bob mal einen Besuch ab. Es wird Zeit für einen kleinen Gaumenschmaus."

Zwei Stunden, vier Stück Friesentorte und vier Tassen Tee später saßen sie aufgeteilt in vier Räumen und verhörten die ersten Verdächtigen. Knut saß mit Ludger Harms im Konferenzraum und hörte zu. Zu mehr war er gerade nicht in der Lage. Das, was diesem mittlerweile erwachsenen und erfolgreichen Geschäftsmann im Kindesalter zwischen acht und zehn Jahren bei Tilda und ihrem Mann Jörn Svensson widerfahren war, lag weit weg von seiner Vorstellungskraft. In ihm wuchs Zorn auf eine Frau, die er nicht persönlich kannte und die trotzdem eine unglaubliche Wut in ihm auslöste.

„Herr Harms, ich kann gar nicht sagen, wie leid mir das tut, was Sie dort durchmachen mussten. Ich muss Sie aber trotzdem fragen, was Sie im Zeitraum von Mittwoch bis gestern gemacht haben, oder wo Sie waren."

Ludger Harms legte den Kopf schief.

„Sie verdächtigen mich doch nicht etwa ernsthaft, die alte Svensson umgebracht zu haben?! Ich, der sich bei der halbjährlichen Blutbildkontrolle hinlegen muss, damit ich nicht umfalle? Ich, der einen RTW braucht, wenn sich meine Frau in den Finger geschnitten hat oder mein Sohn sich das Knie blutig gefallen hat? Ich soll der Frau jegliche Gliedmaße abgetrennt haben? Das kann doch jetzt nicht ihr Ernst sein, oder?"

Knut seufzte ein wenig hilflos.

„Es tut mir leid, ich muss Sie das leider fragen. Ohne Alibi hätten Sie und ihre damaligen Leidensgenossen das beste Motiv, das müssen Sie ja wohl zugeben."

Harms legte den Kopf in den Nacken und schaute nach oben zu der Neon-Röhre, die ihre besten Tage mittlerweile hinter sich zu haben schien. Er legte die Hände in den Nacken.

„Da gebe ich Ihnen recht und ehrlich gesagt freut es mich regelrecht, dass die Alte nun endlich das bekommen hat, was sie verdient hat. Und wenn Sie es genau wissen wollen: Ich war die letzten fünf Tage geschäftlich auf einer Tagung in Hamburg, ich gebe Ihnen gerne die Anschrift des Veranstalters und des Hotels, in dem ich übernachtet habe. Es tut mir also leid Herr Kommissar, aber ich denke, ich bin hiermit raus aus der Nummer."

Knut nickte bedächtig. Als Ludger Harms die Wache verlassen hatte setzte er sich mit seinen Kollegen zusammen, die ihre Verhöre ebenfalls gerade beendet hatten. Sie sahen alle der Reihe nach erschöpft aus. Kilian stöhnte.

„Ach Gott, was mussten diese armen Kinder früher alles erleiden. Ich bin vollkommen schockiert, dass man diesen beiden Geistesgestörten so lange diese kleinen, hilflosen Wesen anvertraut hat."

Nora sah man an, dass sie geweint hatte. Sie konnte mit dieser geballten Ladung an Emotionen, die Imken Federsen gerade in ihr ausgelöst hatte, kaum umgehen. Alle vier waren sprachlos, dass Menschen so abscheulich und bösartig sein konnten. Claas Brockmeyer war derjenige, der das Bedürfnis hatte über sein Verhör, das er geführt hatte, zu reden.

„Hajo Eggers hat mir erzählt, dass sie manchmal tagelang nichts anderes zu essen bekamen als trockenes, stellenweise verschimmeltes Brot, während die Svenssons sich mit warmem Essen den Bauch vollschlugen. Die Kinder ließen sie dabei zusehen. Wenn etwas nicht so lief, wie sie es wollten oder eines der Kinder in ihren Augen ungehorsam war wurden sie mit Eiswasser abgeduscht, tagelang in den Keller gesperrt oder mit einem Stock verprügelt. Eggers war wohl mit 12 Jahren der Älteste zu dem Zeitpunkt, er hat sich ganz oft schützend vor die Kleineren gestellt. Und dafür wurde er dann meistens auf Übelste bestraft."

Claas schluckte. Jedem, den sie heute verhört hatten, wäre der Mord absolut zuzutrauen gewesen. Der Hass und die kleine, zerbrochene Kinderseele, tief im Körper eines Erwachsenen vergraben, wären Motiv genug. Aber alle hatten sie bisher ein ziemliches hieb- und stichfestes Alibi vorzuweisen.

„Wer fehlt denn jetzt noch?"

Nora zog an ihrer Zigarette und inhalierte den Rauch so tief sie konnte. Es beruhigte ihre Nerven. Knut zog die Liste zu sich, die vor ihnen auf dem Tisch lag.

„Hier steht noch eine Almut Friedrichs, die hat Spätdienst im Krankenhaus und kann erst morgen früh kommen. Und eine Femke Larsen. Die wohnt auf dem Festland, in Nie-büll, und kommt auch erst morgen mit der Fähre rüber."

Er reckte sich und fuhr sich mit der Hand über die Augen.

„Also ich weiß ja nicht, wie es euch geht, aber ich brauche jetzt Feierabend und mindestens ein Glas Wein."

Der Rest nickte zustimmend.

„Ich würde sagen, wir treffen uns morgen früh gegen halb neun wieder hier, gegen bummelig neun rum werden die beiden Damen eintreffen."

Er stand auf und klopfte auf den Tisch. Kilian und Nora folgten seinem Beispiel, sie würden sich sowieso gleich wieder bei Knut zuhause sehen. Claas Brockmeyer erhob sich ebenfalls und stand dann etwas unschlüssig im Raum. Knut wusste, dass Claas alleinstehend war und auch keinen wirklich nennenswerten Freundeskreis sein Eigen nennen konnte. Er würde nun wohl den Abend, wie so oft alleine zu Hause auf der Couch verbringen.

Spontan sagte er:

„He Brocki, haben Sie nicht Lust, mit zu mir nach Hause zu kommen? Meine Frau kocht uns etwas Leckeres und wir machen uns noch einen schönen Abend, einverstanden?"

Claas Brockmeyers Gesicht erhellte sich zusehends, es hätte nicht viel gefehlt und er wäre Knut um den Hals gefallen.

Kapitel 9 - Der Kreis der Verdächtigen

Am nächsten Morgen saßen sie allesamt um halb neun auf der Wache und hingen ihren Gedanken nach. Der gemeinsame gestrige Abend hatte ihnen allen gutgetan. Sie konnten endlich einmal für ein paar Stunden diesen fordernden und innerlich aufwühlenden Fall vergessen. Das Hauptgesprächsthema war die bevorstehende Verehelichung von Knut Hansen mit seiner Anita gewesen. Im Zuge dieses Gespräches erzählte Kilian von sich und Ulrike, Nora erzählte von ihrer Frau Trixi und dass sie beide ein Kind zusammen adoptieren wollten.

Lediglich Claas Brockmeyer war zunächst still geblieben und hatte sich bei dem Gespräch über Partnerschaften und Liebe vornehm zurückgehalten. Irgendwann aber hatte Nora ihn direkt angesprochen.

„Und Claas? Wie sieht`s bei dir so aus in Sachen Liebe?"

Knut hatte die Lippen zusammengepresst und den Kopf eingezogen. Er musste zugeben, dass er und sein Assistent mehr als selten über Privates sprachen und dass er im Grunde genommen eigentlich überhaupt nichts von ihm wusste. Claas hatte kurz mit der Zunge geschnalzt und tief ein- und ausgeatmet.

„Bei mir existiert so etwas wie ein Liebesleben nicht, wenn ihr es genau wissen wollt. Ich hatte noch nie eine Freundin und bin Zeit meines Lebens allein. Verliebt war ich schon öfter, dass wussten die betreffenden Damen nur nie. Ich kümmere mich um meine Arbeit, höre gerne Musik und lese gerne gute Krimis. Und ansonsten bin ich wahrscheinlich der langweiligste und moppeligste Mensch der Insel. So, jetzt ist es raus!"

Wieder ein ganz tiefer Schnaufer. Sekundenlang war es still geblieben in dem kleinen, gemütlichen Wohnzimmer. Kilian und Knut hatten sich fast schon ein wenig betroffen angesehen. Dann hatte Anita das Wort ergriffen.

„Ach, was reden Sie denn da für einen Unsinn? Schauen Sie sich doch mal an. Sie sind so ein warmherziger, wundervoller Mensch, mit Humor und einer guten Portion Scharfsinn. Und Sie passen noch hier in meinen Sessel, also können Sie sooo moppelig gar nicht sein."

Claas hatte nur schwach gelächelt.

„Sie müssen einfach mal mehr aus sich herauskommen. Gehen Sie aus, suchen Sie Kontakte, sprechen Sie die Damen an. Es gibt genügend Frauen da draußen, die auf genau so einen Mann warten, wie Sie es sind. Nicht jede will und braucht einen Brad Pitt oder einen George Clooney an ihrer Seite. Die meisten wollen doch insgeheim einen Mann wie Sie. Einen Kuschelbär, der sie beschützt und sie liebevoll und mit Respekt behandelt!"

Brockmeyers Augen waren während Anitas Ansprache an ihn immer größer geworden, und als sie ihren Satz beendet hatte war er spontan aufgesprungen und ihr um den Hals gefallen.

Später, als sie im Bett in Knuts Arm gelegen war hatte er zu ihr gemeint:

„Du hast zwar schon ein wenig übertrieben vorhin, aber es scheint Brockmeyer doch ziemlich gut getan zu haben."

Er hatte sie auf den Kopf geküsst.

„Haste gut gemacht, mein Engel. Wer hätte gedacht, dass sich tief in dir eine kleine Mutter Theresa vergraben hat. Oder nein, warte... ich glaube das heute Abend war eher Erika Berger."

Anita war hochgeschossen und hatte ihn angefunkelt.

„Vorsicht Hansen, sonst lernst du heute vielleicht noch eine weitere meiner Persönlichkeiten kennen, und die ist dann eventuell nicht so nett wie die ersten beiden."

Knut hielt seine Kaffeetasse fest umklammert und musste schmunzeln, wenn er an den vergangenen Abend und die Nacht dachte. Anja klopfte an den Türrahmen.

„Bei mir vorne steht eine Frau Femke Larsen, sie sagt, sie solle sich bei dir melden, Knut. Kann ich sie reinschicken?"

Knut sah sich am Tisch um.

„Kilian, du und Nora ihr kommt mit. Und Sie, Brocki kümmern sich zusammen mit Anja darum, dass wir eine Liste sämtlicher Gottesdienst-Besucher vom letzten Sonntag bekommen. Und das zügig, wenn ich bitten darf."

Die anderen beiden machten sich auf den Weg in den Verhörraum, während Knut Brockmeyer noch zuraunte „vielleicht steht Anja ja insgeheim auf Bären!"

Er zwinkerte, weil er wusste, dass Claas schon lange auf die junge und attraktive Polizistin stand. Der schüttelte leicht den Kopf, konnte aber seine leuchtenden Augen und ein kleines Grinsen kaum verbergen. Knut ging zu den anderen und setzte sich neben Kilian, gegenüber von Femke Larsen, die zusammengekauert auf dem Stuhl saß. Nora stand neben der Tür und beobachtete.

„Frau Larsen, danke, dass Sie zu uns kommen konnten. Ich hoffe, Sie hatten eine gute Überfahrt?"

Kilian lächelte die Frau aufmunternd an. Sie nickte nur.

„Frau Larsen, wissen Sie, warum Sie hier sind?"

Femke nickte wieder, dann antwortete sie ganz leise:

„Ja, Imken hat mich gestern Abend noch angerufen. Die alte Svensson wurde ermordet, richtig? Und jetzt wollen Sie bestimmt von mir wissen, ob ich es war, richtig?"

Kilian kniff kurz die Augen zusammen, dann pflichtete er ihr bei.

„Ja, das trifft es eigentlich auf den Punkt. Wir hätten gerne gewusst, wo sie in der Zeit von Donnerstag bis Sonntag waren."

Femke Larsen schloss kurz die Augen.

„Ich wohne schon über 25 Jahre in Niebüll, wo genau soll ich also gewesen sein? Sie können gerne meinen Mann fragen, ich war die meiste Zeit daheim."

Sie stockte ein wenig. „Ich gehe nicht gerne unter Menschen, wissen Sie."

Knut sah sie an. „Als was arbeiten Sie denn?"

Femke rieb ihre Fingerspitzen aneinander.

„Ich habe ganz früher mal Bürokauffrau gelernt, kann meinen Beruf aber nicht mehr ausüben. Seit gut 15 Jahren bin ich berufsunfähig daheim."

Kilian runzelte die Stirn. Auf den ersten Blick sah man der 48jährigen nichts an, was auf eine Arbeitsunfähigkeit hindeuten könnte. Sie wirkte zwar sehr zart und sehr zurückhaltend, beinahe schon ein wenig verhuscht. Aber ansonsten machte sie einen relativ gesunden Eindruck auf ihn.

„Darf ich fragen was dazu geführt hat, dass Sie nicht mehr arbeiten gehen können?"

Femke Larsen rutschte ein wenig auf ihrem Stuhl nach vorne und begann ihre Hände zu kneten.

„Ich habe seit der Sache damals ziemlich starke Probleme mit der Psyche. Und das führte irgendwann dazu, dass mich mein Arbeitgeber für nicht mehr tragbar hielt und mich entlassen hat."

Ihr Blick und ihr Gesicht blieben regungslos.

Knut hakte nach. „Möchten Sie uns vielleicht erzählen, um was es bei dieser „Sache" damals gegangen ist?"

Nora fragte, einer Eingebung folgend, noch: „Hat es irgendwas mit ihrem Aufenthalt bei den Svenssons zu tun?"

Femke drehte sich zu ihr um und schloss kurz die Augen. Dann drehte sie sich wieder zu Knut und Kilian um. Dieses Mal hatte sie Tränen in den Augen.

„Jörn Svensson hat mich damals sexuell belästigt."

Ihr Satz blieb wie ein Damoklesschwert im Raum hängen. Knut schlug die Augen nieder und Kilian wusste nicht genau, wo er hinschauen sollte. Nora nahm den letzten freien Stuhl im Raum und setzte sich neben Femke.

„Frau Larsen, auf die nächste Frage müssen Sie nicht antworten. Hat Jörn Svensson Sie damals als Kind vergewaltigt?"

Femke ließ den Kopf hängen. Eine einzelne Träne tropfte auf ihre Handfläche. Dann hob sie wieder den Kopf und flüsterte mit tränenerstickter Stimme: „Ja, hat er... mehrmals sogar."

Knut schlug mit der flachen Hand auf den Tisch. Kilian brummte, dann zuppelte er Knut am Ärmel.

„Wir beide verlassen jetzt mal kurz den Raum. Nora, kümmerst du dich bitte um Frau Larsen, wir kommen gleich wieder."

Er ging ohne Umschweife nach draußen an die frische Luft, Knut folgte ihm. Sie zogen beide fast gleichzeitig hörbar die Luft ein.

„So ein perverses Arschloch, der soll froh sein, dass er schon tot ist. Sonst würde ich ihm jetzt und hier auf der Stelle die Eier abschneiden und ihm den Hals herumdrehen, diesem geistesgestörten Drecksack."

Knut konnte seine Wut kaum zügeln. Kilian hatte die Hände in die Seite gestemmt und sich breitbeinig aufgebaut. Sein Gesicht war rot vor Zorn. Nichtsdestotrotz mussten Sie jetzt handeln.

„Wir sind uns ja wohl beide darüber einig, dass Frau Larsen somit unsere Hauptverdächtige ist. Wir müssen unbedingt ihr Alibi überprüfen. Und ich möchte, dass Nora ihr noch ein paar Fragen stellt. Wir müssen da jetzt einigermaßen neutral drangehen, soviel ist klar. Kommst du wieder mit rein?"

Kilian nickte Knut zu. Der hatte immer noch eine unbändige Wut in sich, musste aber natürlich seinem Kollegen und Freund recht geben. Auf dem Flur der Wache kam ihnen Nora entgegen.

„Also, Frau Larsen befindet sich seit über 10 Jahren in psychiatrischer Behandlung, ich habe mir den Namen des behandelnden Arztes notiert. Sie versucht das Erlebte aufzuarbeiten, was ihr aber offenbar noch nicht wirklich gut gelingt. Sie wird nachts von Albträumen geplagt, kann sich auf nichts wirklich konzentrieren und schon gar keine Nähe zulassen. Laut eigener Aussage hat sie das seitdem nie mehr gekonnt."

Kilian hob den Daumen in Noras Richtung.

„Richtig gute Arbeit. Das heißt, mit Frau Larsens Einverständnis werden wir mit ihrem behandelnden Psychiater telefonieren. Und wir müssen dringend mit Herrn Larsen reden. Mir widerstrebt es zutiefst, diese arme Frau länger als nur irgendwie notwendig hier festhalten zu müssen."

Knut brummte zustimmend.

„Gut, ich versuche, den Ehemann zu erreichen. Nora soll sich das Einverständnis von Frau Larsen besorgen und du darfst dann mit dem Psychologen telefonieren. Einverstanden?"

Kurze Zeit später saßen sie in ihrem kleinen Pausenräumchen und trugen zusammen, was sie bisher herausfinden konnten. Kilian biss in einen Apfel und hielt in der anderen Hand seine Kaffeetasse. Knut hatte sich heute morgen eine „Föhrer Kaminstunde" in einer Thermoskanne mitgebracht, und hielt nun den Becher eher geistesabwesend in der Hand. Nora war immer noch bei Femke Larsen, man wollte sie nicht gerne alleine im Verhörraum sitzen lassen.

„Der Ehemann hat eindeutig bestätigen können, dass seine Frau in dem Zeitraum daheim in Nieblum war. Es gibt Bilder der Überwachungskameras rund ums Haus, die das bestätigen. Herr Larsen hatte diese vor ein paar Jahren installiert, weil seine Frau ständig Angst hatte, dass jemand ins Haus eindringen und ihr wieder etwas antun könnte."

Kilian nickte. „Das stimmt so ziemlich mit dem überein, was mir der Psychiater erzählt hast. Frau Larsen hat seit den Vorfällen extreme Angst- und Panikzustände. Sie ist laut seiner Aussage zu keiner normalen zwischenmenschlichen Beziehung fähig. Er hat sich sowieso schon immer gewundert, dass die Ehe der Larsens so lange gehalten hat. Frau Larsen blockt jegliche Art von Berührungen von vornherein ab.

Herr Larsen scheint der verständnisvollste, mitfühlendste und liebevollste Mann zu sein, den man kennt. Auf jeden Fall liebt er seine Frau wohl abgöttisch, und möchte sie am allerliebsten alles Schlechte von ihr fernhalten und sie vor allem Unheil beschützen."

Bei Kilians letzten Sätzen schrillten bei Knut die Alarmglocken.

„Mensch Kilian, was ist denn, wenn Herr Larsen seine Frau so sehr beschützen wollte, dass er dafür sogar einen Mord begehen würde?"

Sie gingen rüber in den Verhörraum, wo Nora und Femke Larsen bei einer Tasse Kaffee miteinander schwiegen.

„Frau Larsen, wo war ihr Mann eigentlich in dem Zeitraum?"

Femke Larsen starrte die beiden Hauptkommissare erschrocken an.

„Warum fragen Sie? Verdächtigen Sie jetzt etwa auch noch meinen Mann? Das ist lächerlich, das wissen Sie hoffentlich. Jochen kann keiner Fliege etwas zuleide tun. Er war bei meinen Pflegeeltern und hat ihnen geholfen, den Garten winterfest zu machen. Sie können sie gerne fragen, sie wohnen hier auf der Insel, in Nieblum. Ihr Name ist Hannah und Bente Lorentzen."

Die beiden Hauptkommissare wurden hellhörig.

„Das heißt, Ihr Mann war also zu dem fraglichen Zeitraum hier auf der Insel?"

Femke nickte. Ihr wurde mit einem Mal bewusst, dass ihr Mann damit nun zu den Hauptverdächtigen zählen würde. Flehend sah sie die beiden Hauptkommissare an.

„Glauben Sie mir, er hat bestimmt nichts getan. Er ist immer für mich da und passt auf, dass mir nichts geschieht."

Knut murmelte „eben, deshalb ja."

Es klopfte und Claas Brockmeyer kam mit einer Liste in den Verhörraum. Knut und

Kilian überflogen sie und gaben sie dann an Nora weiter.

„Gute Arbeit Claas, ich hoffe, Sie sind im Allgemeinen heute ein wenig weitergekommen. Ich hätte da nämlich noch eine Aufgabe für sie beide."

Er zwinkerte. Claas lief leicht rosefarben an, ließ sich aber ansonsten nichts anmerken.

„Ich möchte, dass sie mir Jochen Larsen hier auf die Insel schaffen. Und finden Sie bitte die Adresse von einer Familie Lorenzen heraus, die sollen in Nieblum wohnen."

Dann wandte er sich an Kilian, der noch einmal die Liste studiert hatte.

„Guck mal, vielleicht sagen dir ja ein paar Namen etwas."

Knut sah sich die Auflistung genauer an und hatte bei so gut wie jedem Namen ein Bild der Person vor Augen. Es waren insgesamt 35 Leute in der Kirche gewesen, so gut wie alle stammten hier von der Insel. Deswegen konnte Pfarrer Carstens praktischerweise gleich die Namen dazu schreiben. Lediglich bei dreien hatte der Pfarrer „Tourist" hingeschrieben, weil er da natürlich die Namen nicht wusste. Bei einem Namen stand in Klammern „Künstler". Auf den tippte Knut jetzt.

„Mit diesem Pierre Montreaux möchte ich gerne einmal reden. Der klingt mir schon so suspekt. Was macht so einer in Süderende in der Kirche? Und dann ausgerechnet an dem Sonntag, wo man dort Teile einer Leiche findet? Und warum weiß Pfarrer Carstens dessen Namen? Da sollten wir mal dringend nachhaken, finde ich. Und Brocki, sie kümmern sich zusammen mit Anja um Jochen Larsen, und zwar zügig."

Ungefähr eine dreiviertel Stunde später hatten Knut, Kilian und Nora herausgefunden, dass Pierre Montreaux ein gar nicht mal so unbekannter Hamburger Maler und Künstler war, der zurzeit in Nieblum in der Galerie der Touristik-Information seine Bilder ausstellte. Sie fanden ihn vor einem seiner ausdrucksstarken Gemälde, welches er gerade mit ausschweifenden Handbewegungen einem Besucher zu erklären versuchte.

„Spüren Sie diese allumfassende, zerstörerische Wucht, die die Wellen mit sich führen, bevor sie an den riesigen Felsen am Ufer brechen? Wie sie sich fast lautlos wieder zurückziehen, um erneut Anlauf nehmen zu können, um uns Menschen zu zeigen, wie klein wir doch im Grunde genommen gegen ihre aufbrausende und zerstörerische Macht sind? Wie der Wind trockene Algen vor sich her peitscht und der Schaum der tosenden Gicht weit über den Sand getrieben wird? SPÜREN SIE DAS??"

Er schrie den Besucher fast an, der mit weit aufgerissenen Augen erschrocken zurückfuhr und ohne ein weiteres Wort das Weite suchte. Knut hingegen war noch völlig gebannt von Montreaux Worten. Er hatte das Gefühl, dass noch niemand sein geliebtes Meer besser beschrieben hat, als dieser leicht seltsam wirkende Mann da vor ihnen. Pierre Montreaux tupfte sich indessen seine Stirn mit einem weißen Taschentuch ab und hob es sich danach, fast schon ein wenig theatralisch, an den Mundwinkel. Dann sah er mit leicht laszivem Schlafzimmer-Blick hinüber zu den zwei Kommissaren und Nora Finke.

Er spielte mit den Ecken seines offensichtlich edlen Halstuches und legte den Kopf schief. Dadurch verrutschte das schwarze Barrett ein wenig, dass er auf seinem augenscheinlich kahlen Schädel trug. Seine dezent mit schwarzem Kajal umrandeten Augen schauten leicht genervt.

„Und? Muss ich Ihnen auch noch etwas erklären oder gibt es hier auf dieser Insel noch Menschen, die meine Bilder ohne Worte verstehen?"

Knut rollte mit den Augen und Kilian stieß ihm unauffällig den Ellenbogen in die Rippen. Sie betrachteten kurz schweigend das Bild, um das es gerade gegangen war. Ein Motiv, wie es wahrscheinlich schon millionenfach gemalt worden war. Strand, Wellen, eine etwas düstere Stimmung, Möwen und dunkle Wolken. Und trotzdem war dieses Bild ganz Besonders. Man vermeinte, den rauen Wind in den Haaren zu spüren, schmeckte fast das salzige Wasser, dass einem die Gischt ins Gesicht trieb und hörte im Hintergrund ganz leise die Vögel schreien. Nora entfuhr ein kleines, leises „Wow!".

„Sind Sie Herr Pierre Montreaux?"

Kilian wollte so langsam ein wenig Schwung in die Sache bringen. Der Künstler legte den Kopf schief.

„Das kommt drauf an: Wenn mich einer meiner ehemaligen Liebhaber sucht dann nicht. Wenn Sie ein Bild von mir kaufen möchten dann natürlich gerne."

Er giggelte wie ein hysterisches Schulmädchen und Knuts Ohren schalteten fast automatisch auf Durchzug.

„Herr Montreaux, wir sind nicht zum Spaß hier. Mein Name ist Kriminalhauptkommissar Hansen, das sind meine Kollege Brandner und Finke aus Flensburg. Wir hätten einige Fragen an Sie, hätten Sie einen Augenblick Zeit?"

Pierre sah sich in dem menschenleeren Saal um.

„Wenn der Andrang an intellektuell ausgereiften und kulturell interessierten Menschen hier nachgelassen hat auf jeden Fall. Also?"

Wieder dieses Gegiggel, bei dem sich Knut wie auf Kommando alle Zehennägel nach oben rollten. Er blies die Backen auf und ließ ziemlich geräuschvoll die Luft wieder ab. Für Kilian war es das Zeichen, das Gespräch an der Stelle zu übernehmen.

„Herr Montreaux, Sie waren vorgestern in Süderende in der St. Laurentii beim Erntedankgottesdienst, richtig?"

Montreaux nickte.

„Und warum waren Sie ausgerechnet dort, wenn ich fragen darf?"

Der Maler zog die Augenbrauen zusammen.

„Ich wusste nicht, dass man hier erst eine Genehmigung braucht, um in die Kirche gehen zu dürfen. Ihr Insulaner seid echt schon ein komisches Völkchen."

Knut verfiel augenblicklich in Schnappatmung und fletschte kampfeslustig die Zähne. Dann holte er tief Luft.

„Jetzt höre Sie mal, Sie eingebildeter, arroganter..."

Weiter kam er nicht, Kilian hatte ihn am Arm gepackt und auf die Seite gezogen.

„Ruhig mein Freund, was Du hier gerade vorhast gibt nur Ärger. Du gehst jetzt raus an die frische Luft und überlasst uns hier den Rest, einverstanden?"

Knut murrte.

„Dem brennt wohl sein komischer Hut. Ich sag mal Margrit Hallo, bevor ich mich vergesse."

Er verzog sich zu der Sekretärin des Bürgermeisters während Kilian und Nora mit Pierre Montreaux sprachen.

Eine Stunde später saßen sie bei X-Bob im Café „die Insel" bei einer Tasse Tee. Kilian brummte noch immer der Schädel von dem Gespräch mit dem Künstler.

„Also dieser Montreaux ist mir mehr als suspekt. Er hat uns erzählt, dass er nur wegen der wundervollen Gewölbemalerei und dem Flügelaltar in der Kirche gewesen sei. Deswegen wusste Pfarrer Carstens auch seinen Namen, er hat sich ihm vorgestellt. Alles in allem scheint er aber wohl ein eher schwieriger Zeitgenosse zu sein. Wobei ich nicht glaube, dass er etwas mit dem Mord zu tun hat."

Knut, der ihn nach dessen vernichtenden Satz gegen die Föhrer eigentlich sowieso gefressen hatte, schüttelte den Kopf.

„Ne, mal egal wie doof er letztendlich zu sein scheint, umbringen tut der keinen. Ich bin dafür, wir reden noch einmal mit der Haushälterin vom Pfarrer, die haben wir bisher noch nicht wirklich verhört. Vielleicht kann sie uns doch noch helfen, herauszufinden, wie die Täterin oder der Täter an den Schlüssel gekommen sein könnte. Und bis dahin dürfte ja auch Herr Larsen auf der Insel angekommen sein."

Die beiden anderen nickten. Sie machten sich auf den Weg zu Inga Asmussen, die zusammen mit ihrer 21jährigen Tochter in einer kleinen Zwei-Zimmer Wohnung in Nieblum lebte.

Sie standen in der winzigen, sehr sauberen Küche, während die sehr nervös wirkende Haushälterin an ihrem Küchentuch rieb, dass an ihrer Schürze steckte.

„Frau Asmussen, können Sie sich irgendwie erklären, wie der Schlüssel in die Hände der Täterin oder des Täters gelangen konnte?"

Inga Asmussen war eine fromme, gottesfürchtige und sehr einfache Frau. Sie hatte ihre Tochter Svea alleine großgezogen und sich ihren Lebensunterhalt mit diversen Putzstellen und als Haushaltshilfe verdient. Das sie jetzt als Haushälterin bei einem

Pfarrer arbeiten durfte empfand sie beinahe schon als Segen.

Sie hatte nun dementsprechend große Angst ihre Stelle zu verlieren, weil sie befürchtete, irgendetwas falsch gemacht zu haben. Knut beruhigte sie.

„Sieh mal Inga, wir suchen immer noch den Mörder oder die Mörderin der alten Svensson. Vielleicht kannst du uns da ja weiterhelfen. Und wenn nicht ist das auch nicht schlimm, dann suchen wir eben einfach woanders weiter. Erzähl uns doch mal, wo du letzte Woche so überall warst und was du dort gemacht hast."

Inga Asmussens Angst legte sich ein wenig und sie sah Knut vertrauensvoll an. Dann begann sie, aufzuzählen.

„Also, das kann ich dir alles ganz genau sagen: Am Montag habe ich die ganzen Äpfel, die ich von Hilde bekommen habe zu Apfelmus, Kuchen und Marmelade verarbeitet. Da war der Tag bummelig schnell rum, kann ich dir sagen. Am Dienstag habe ich bei unserem Pfarrer die Fenster geputzt, das war mal wieder an der Zeit. Da ist so ein Tag aber auch echt nix.

Am Mittwoch haben Svea und ich zusammen mit ihrem Freund die ganzen Bänke in der Kirche abgewaschen, dass mache ich immer, bevor der Frauenchor probt. Da sind manche echt fürchterlich pingelig, wenn da auch nur EIN Staubkörbchen zu finden ist heißt es wieder „die olle

Asmussen ist sogar zu blöd zum Putzen".
Dabei sieht`s bei denen daheim mit
Sicherheit ganz oft aus wie bei Hempels
unterm Couchtisch."

Sie kicherte fast ein wenig verschämt.

„Am Donnerstag war ich dann den ganzen
Tag drüben in Husum, da ist mein ganz
spezieller Arzt für meine Nieren, die wollen
nämlich nicht mehr so, wie sie sollen. Da
muss ich alle drei Monate hin. Ist auch echt
nicht immer schön, kann ich euch sagen. Und
da übernachte ich dann immer bei meiner
Schwester, die wohnt dort. Am Freitag war ich
gegen Mittag wieder da und habe die Pfarrei
geputzt. Samstags mache ich immer
Großeinkauf und erledige die Dinge, zu der
ich unter der Woche nicht gekommen bin. Ist
ja auch immer recht stressig das alles. Am
Sonntag waren Svea und ich dann in der
Kirche und haben danach mit ihrem Freund
einen Ausflug nach Utersum an den Strand
gemacht. Das war echt schön."

Sie strahlte, während Kilian ganz leise
„Uff" machte.

„Wolltet ihr noch etwas wissen, oder wars
das?"

Knut hob abwehrend die Hände, während
Nora im Hintergrund kurz prustete.

„Ne ne Inga, alles gut, das wars erstmal."
Nora schien nachzudenken.

„Frau Asmussen, machen Sie oben an der
Orgel auch sauber?"

Inga nickte eifrig.

„Ja selbstverständlich, der Gunnar hat mir extra mal gezeigt, wo ich putzen darf und wo nicht. Nicht, dass da an den Tasten noch etwas kaputt geht."

„Und ihre Tochter weiß auch, wo der Schlüssel zu der Empore liegt, oder wissen nur Sie und der Pfarrer das?"

Inga sah Nora leicht irritiert an.

„Na selbstverständlich weiß Svea, wo der Schlüssel liegt, sie kann mir doch sonst nicht helfen, falls ich mal nicht kann. Das versteht sich doch von selbst, oder?"

Knut kniff die Augen zusammen und nickte. Dann klopfte er Inga auf die Schulter.

„Danke Inga, da hast du uns jetzt aber wirklich sehr geholfen. Ich hoffe, du hast heute nicht mehr allzu viel zu tun und kannst noch ein wenig das angenehme Wetter genießen."

Inga lachte. „Na klar, und die ganze Wäsche überlasse ich dann dem Herrn Pfarrer, oder wie?"

Sie verabschiedeten sich und gingen. Knut setzte sich hinter das Steuer des Dienstfahrzeuges und ließ Kilian und Nora einsteigen.

„Wir fahren jetzt zurück zur Wache, dort sage ich euch, was ich darüber denke."

Nora, die sich schon während des Gespräches so ihre Gedanken gemacht hatte wollte ihre Mutmaßungen auf der Stelle loswerden, aber Knut bremste sie aus.

„Pscht jetzt, zumindest bis wir auf der Wache sind. Dann kannst du reden, soviel und so lange wie du willst."

Nora sah ihn völlig perplex an. Kilian machte eine beschwichtigende Handbewegung und legte den Finger an die Lippen. Er kannte das von Knut. Manchmal brauchte sein Freund einfach ein wenig „Stumm", um sein Gehirn in Ruhe arbeiten lassen zu können. Außerdem merkte er, dass Knut diese momentane Situation insgeheim ziemlich stresste.

Im Normalfall war es auf Föhr wunderbar ruhig und entspannt, das Verbrechen war weit weg und hier konnte einem eigentlich nichts Schlimmes passieren. Und nun hatten ihm zwei Mordfälle in relativ kurzer Zeit ein wenig die Stimmung verhagelt. Und eigentlich würde er sich jetzt ja auch in aller Seelenruhe auf seine Hochzeit mit Anita vorbereiten. So aber waren sie seit nunmehr fast drei Tagen auf Mörderjagd und noch nicht wirklich viel schlauer als vorher.

Auf der Wache wartete bereits Jochen Larsen auf sie. Er saß mit seiner Frau Femke im Flur, beide hatten sie einen Pappbecher mit Automatenkaffee in der Hand und sahen sehr müde aus. Herrn Larsen stand dazu noch die Sorge um seine Frau ins Gesicht geschrieben. Kilian wandte sich an ihn.

„Guten Tag Herr Larsen, mein Name ist Brandner, das sind die Kollegen Hansen und

Finke. Wir sind gleich bei ihnen, einen kleinen Moment noch bitte."

Jochen Larsen brummte etwas in seinen Bart, was keiner der drei verstand. Sie riefen Anja Morandt und Claas Brockmeyer zu sich und versammelten sich im Verhörraum. Knut fing an, kleine Kreise zu laufen, dann blieb er abrupt stehen und stemmte die Hände in die Hüften.

„Also Herrschaften, wir haben neue Erkenntnisse."

Nora sah erstaunt zu ihm hin. Hatten sie die? War ihr irgendwas entgangen? Sie setzte sich aufrecht hin um jetzt bloß nichts mehr zu verpassen. Kilian wartete ab, was seinem Freund und Kollegen während der Autofahrt alles eingefallen war. Er hatte sich selbst schon so den ein oder anderen Gedanken gemacht und war nun gespannt, was Knut zu sagen hatte.

„Pfarrer Erik Carstens, die Haushälterin Inga Asmussen und ihre Tochter Svea wissen, wo der Schlüssel zur Orgel liegt und wären somit rein theoretisch recht weit oben auf der Liste unserer Hauptverdächtigen. Wobei wir ja auch Jochen Larsen nicht vergessen dürfen. Der war zu fraglichem Zeitpunkt auf der Insel und hätte sich, wie auch immer, Zugang zur Empore und zu diesem Pfeifenraum verschafft haben können. Ein Motiv hätte er allemal. Mit dem reden wir jetzt als Nächstes. Femke Larsen können wir am ehesten von der Liste streichen, und ich glaube auch, dass Inga

Asmussen nicht fähig ist, so eine Art von Mord zu begehen."

Kilian musste schmunzeln. „Ne, die quatscht ihre Opfer eher zu Tode."

Knut grinste.

„Gut, dann würde ich sagen, machen wir weiter wie folgt: Brocki, Sie und Anja kümmern sich um Svea Asmussen, ich will haarklein wissen, was sie von Donnerstag bis Sonntag getrieben hat. Und wir knöpfen uns jetzt mal Jochen Larsen vor. Und bei all dem sollten wir nicht vergessen, dass uns noch relevante Leichenteile fehlen, die wir nach Möglichkeit baldigst finden sollten. Rita ist da weiterhin dran, aber jegliche Spuren verlaufen sich bisher sprichwörtlich im Sand. Da hier allerdings meines Erachtens weder Gefahr in Verzug ist noch sitzt uns irgendein Angehöriger im Nacken warten wir meines Erachtens noch ab, bevor wir die Kavallerie mit ins Bott holen und die ganze Insel in Aufruhr versetzen. Was meinst du dazu, Kilian?"

Kilian nickte bedächtig.

„Ich sehe das genauso, wir sollten vorerst die Bevölkerung nicht noch mehr beunruhigen. Ich gehe aktuell eher nicht von einem Serienmörder aus, der demnächst wieder zuschlagen wird. Diese Tat und das Opfer waren gezielt geplant."

Sie gingen zurück auf den Flur und baten Jochen Larsen in den Verhörraum. Kilian stellte die erste Frage.

„Herr Larsen, Ihre Frau hat uns berichtet, sie wären letzte Woche Donnerstag und Freitag hier auf der Insel gewesen, ist das richtig?"

Jochen Larsen hatte die Beine übereinandergeschlagen und sah relativ entspannt in die Runde.

„Ja, das ist korrekt. Ich habe den Pflegeeltern meiner Frau im Garten geholfen. Die Zwei sind nicht mehr die Jüngsten und wir haben schon immer ein sehr gutes Verhältnis zu ihnen. Sie haben meine Frau damals als Kind aus ihrem Albtraum befreit, alleine dafür bin ich ihnen heute noch mehr als dankbar. Sonst hätte ich sie vielleicht niemals kennengelernt und dann hätte mir der wichtigste Teil in meinem Leben gefehlt."

Er sagte das so schlicht und voller Liebe, dass Nora kurz schluckte. Knut blieb eher pragmatisch.

„Wussten Sie, was ihre Frau damals im Kinderheim alles erleiden musste?"

Jochen Larsen schloss die Augen und atmete tief ein und aus.

„Ja... das weiß ich. Und ich bin mir ziemlich sicher, dass Sie mich verdächtigen, diese Hexe umgebracht zu haben. Aber ich kann Ihnen versichern, dass ich es nicht war. Auch wenn es mir mit Sicherheit ein Vergnügen gewesen wäre, der Alten den Hals herumzudrehen. Aber noch lieber hätte ich den alten Svensson kastriert, das können Sie mir glauben. Haben Sie eigentlich eine leise Ahnung, was dieser pädophile Scheißkerl meiner Frau angetan hat? Ich bin mir ziemlich sicher, dass die beiden nun einträchtig nebeneinander in der Hölle schmoren. Und dem Täter oder der Täterin würde ich sogar noch aus Dankbarkeit die Hand schütteln."

Kilian schüttelte langsam den Kopf.

„Herr Larsen, Sie wissen schon, dass Sie sich hier gerade um Kopf und Kragen reden, oder? Sie haben für den mutmaßlichen Tatzeitraum kein Alibi und ein astreines Motiv, wie Sie wohl selbst zugeben müssen."

Larsen wirkte immer noch reichlich entspannt und lächelte sogar.

„Wer sagt denn, dass ich kein Alibi habe? Ich habe im Haus meiner Schwiegereltern übernachtet, abends noch mit Matze ein Bierchen getrunken und ein paar Runden Karten gespielt. Und das an zwei Abenden hintereinander. Und samstags war ich schon wieder zuhause bei meiner Frau, das können die Bilder der Überwachungskameras bezeugen."

Knut lehnte sich nach vorne.

„Wer ist denn dieser Matze?"

Nora machte sich Notizen, sie war sich noch nicht sicher, wo das Ganze hinführen würde. Jochen Larsen verschränkte locker die Arme, seine Stimme blieb weiterhin ruhig und seine Körperhaltung wies keinerlei Abwehrhaltung auf.

„Matze ist auch ein Pflegekind. Es gab wohl damals recht viele Kinderheime auf der Insel. Er hatte allerdings das große Glück, dass meine Schwiegereltern ihn damals gleich nach seiner Geburt aufgenommen haben. Sie haben ihm allerdings nicht erzählt, was für ein schlimmes Schicksal seine „Quasi"-Schwester damals erdulden musste.

Sie hatten befürchtet, er würde sich das zu sehr zu Herzen nehmen. Er ist 14 Jahre jünger als Femke, hat also mehr oder weniger nur noch die Ausläufer dieser Heime miterlebt. Und mit ihm habe ich die Abende verbracht, Sie können ihn gerne fragen, ich geben Ihnen die Nummer, Moment..."

Er tippte auf seinem Handy herum und hielt es dann den dreien unter die Nase. Nora schrieb die gezeigte Nummer auf und machte sich auf den Weg zum Telefon.

Kilian trommelte mit allen zehn Fingerspitzen auf den Tisch, während Knut sich die Schläfen massierte. Zehn Minuten später kam sie wieder zurück.

„Dieser Matze bestätigt Herrn Larsens Alibi. Die beiden Abende, an denen er hier auf der Insel war haben sie gemeinsam verbracht."

Jochen Larsen lächelte.

„Ich hoffe, ich darf nun mit meiner Frau wieder zurück in unser Zuhause. Dort, wo sie sich am sichersten und wohlsten fühlt."

Er erhob sich.

„Sie werden wohl verstehen, dass Femke hier auf der Insel zu viele Erinnerungen einholen. Und ich möchte nicht, dass sie unnötig gequält wird."

Knut und Kilian nickten fast unisono.

„Wir bitten Sie trotzdem darum, sich zu unserer Verfügung zu halten, es könnte sein, dass wir noch die ein oder andere Frage haben."

Draußen legte Jochen Larsen beschützend den Arm um seine Frau.

„Sie dürfen uns gerne jederzeit anrufen. Wobei ich nicht wüsste, wobei wir Ihnen jetzt noch helfen könnten."

Sie verließen einträchtig Arm in Arm die Wache. Knut sah ihnen auf dem Weg zum Hafen noch lange hinterher.

„Siehst du Kilian? DAS ist Liebe. Ich glaube, so etwas wünscht sich doch jede Frau. Also von einem Mann so beschützt zu werden."

Nora war unbemerkt hinter ihn getreten.

„Also ich kann dir aus eigener Erfahrung sagen, dass sich bei Weitem nicht Jede so etwas wünscht, sondern ganz viele Frauen in der Lage sind, sich sehr wohl selbst zu beschützen. Auch wenn es hin und wieder natürlich nicht zu verachten ist, wenn man von einem lieben Menschen in den Arm genommen wird und mal für einen Moment den ganzen Mist um sich herum vergessen kann." Knut dachte darüber nach. Er würde wohl Anita heute Abend als Allererstes mal ganz fest in den Arm nehmen müssen.

Kapitel 10 - Wo ist der Rest?

Knut, Kilian und Nora saßen bei Hannah und Bente Lorentzen in dem sehr gemütlich eingerichteten Wohnzimmer. Das Kaminfeuer flackerte und Frau Lorentzen hatte Tee, Kaffee und frisch gebackene Windbeutel auf den Tisch gestellt. Knut konnte nicht widerstehen. Genüßlich leckte er sich nach dem ersten Bissen die Sahne von den Fingern.

„Entschuldigung" murmelte er, „aber bei Süßem haben Sie mich."

Er legte das Gebäck auf den Teller und wischte sich die Finger an seinem Taschentuch ab. Hannah Lorentzen lächelte.

„Greifen Sie ruhig zu, ich bin froh, dass sie Ihnen schmecken."

Das ältere Ehepaar war durch und durch sympathisch, humorvoll und herzlich. Man konnte sich gut vorstellen, dass die Kinder hier in einer warmherzigen und liebevollen Umgebung aufgewachsen waren.

„Wie können wir den Herrschaften denn weiterhelfen?"

Bente Lorentzen saß in seinem Ohrensessel direkt am Kamin und hatte sich auf einen Stock gestützt. Seit seinem Schlaganfall vor drei Jahren ging alles nicht mehr ganz so schnell. Seine Frau hatte starkes Rheuma und war an manchen Tagen kaum in der Lage, sich zu rühren. Kilian lehnte sich zurück.

„Sie haben ja bestimmt von dem Mord an Tilda Svensson gehört, nehme ich an?"

Das Ehepaar sah sich für einen kurzen Moment an. Dann antwortete Bente:

„Natürlich haben wir davon gehört, das hat sich hier in Nieblum, und ich gehe mal davon aus, auch auf der restlichen Insel verbreitet wie ein Lauffeuer. Tilda und Jörg waren hier nicht sonderlich beliebt, wie Sie sich vielleicht denken können."

Er sah die drei Personen vor ihm mit einem seltsamen Blick an. Nora folgte ihrer Intuition, als sie die nächste Frage stellte.

„Herr Lorentzen, sind Sie eigentlich auch in der Lage, ohne ihren Stock zu laufen?"

Knut und Kilian schauten sie fragend an.

Bente antwortete gelassen: „Ja, bin ich durchaus. Aber dann ist mein Gangbild nicht ganz so flüssig. Mit Stock fühle ich mich erheblich sicherer."

Knut verstand immer noch nicht, was Noras Frage zu bedeuten hatte und wandte sich nun an Hannah Lorentzen.

„Wie kam Femke eigentlich damals zu Ihnen? Mussten Sie sich da bewerben, oder wie kann ich mir das vorstellen?"

Hannah stopfte sich ein Kissen in den Rücken und setzte sich bequemer hin. Dann nahm sie ihre Teetasse in die Hand und begann, zu erzählen.

„Wir hatten uns damals beim Amt schon sehr früh als Pflegeeltern beworben, weil wir keine eigenen Kinder bekommen konnten. Und schon kurze Zeit danach hat man uns informiert, dass man für ein Mädchen namens Femke eine Familie suchen würde. Sie war damals neun Jahre alt. Wir sagten sofort freudig zu, gerade mein Mann hatte sich schon immer eine Tochter gewünscht.

Femke zog also bei uns ein, wir haben ihr extra ein wunderschönes Zimmer im ersten Stock eingerichtet. Die ersten Wochen hatte sie sich zunächst völlig zurückgezogen, sie kam zwar zum Essen aus ihrem Zimmer, sprach aber kaum etwas mit uns und wirkte sehr scheu und verängstigt. Wir haben sogar damals nochmal das Gespräch mit den Svenssons gesucht, um herauszufinden, warum das Mädchen so verstört war. Aber sie behaupteten nicht zu wissen, was mit Femke los sei und schoben es auf die neue und ungewohnte Umgebung. Das taten wir dann auch und ließen ihr die Zeit und den Raum, um in Ruhe bei uns anzukommen.

Einige Zeit später bemerkte ich allerdings einige seltsame Angewohnheiten bei Femke. Sie duschte zum Beispiel mehrmals am Tag, brauchte ewig lange auf Toilette und ließ sich von uns weder in den Arm nehmen, noch sonst irgendwie berühren. Wir dachten aber weiterhin, dass wir einfach nur Geduld mit ihr bräuchten. So ging das fast zwei Jahre lang.

Eines Morgens kam sie tränenüberströmt zu mir in die Küche gerannt.

„Mama Hannah" schrie sie, so nannte sie mich immer, „Mama Hannah, ich blute! Warum blute ich? Ich habe so Angst, muss ich jetzt sterben?"

Ich war total verwirrt und ziemlich erschrocken und wusste zunächst gar nicht, was sie meinte. Ich habe sie gefragt, wo sie denn bluten würde.

Und da sagte sie: „Da, wo der Onkel Jörn immer seine Finger und seinen Pullermann reingesteckt hat. Das hat immer ganz arg wehgetan und jetzt blutet es da."

Man sah Hannah an, dass sie die Erinnerung an diesen Moment damals immer noch ziemlich mitzunehmen schien. Sie wurde blass und nippte kurz mit zitternden Händen an ihrem Tee. Nora legte ihr mitfühlend eine Hand auf den Arm.

„Sollen wir eine Pause machen Frau Lorentzen?"

Die schüttelte den Kopf. „Nein Danke, geht schon. Ich muss mich nur kurz mal sammeln."

Sie leerte ihre Teetasse, stellte sie zurück auf den Tisch und redete weiter.

„Natürlich war mir recht schnell klar, dass das Mädchen einfach nur ihre erste Periode hatte, aber ich war viel zu erschüttert, um in dem Moment näher darauf eingehen zu können. Ich erklärte Femke kurz, was da gerade mit ihrem Körper passierte, und dass das alles ganz normal sei. Ich schickte sie nach oben ins Bad, versprach ihr gleich wieder bei ihr zu sein und rannte dann völlig aufgelöst zu meinem Mann. Sie können sich, glaube ich nicht mal ansatzweise vorstellen, wie wir uns in diesem Moment gefühlt haben. Bente wurde weiß vor Zorn und wäre am liebsten auf der Stelle zu den Svenssons, um diese Bestie zur Rede zu stellen und wollte ihn nach Möglichkeit ungespitzt in den Erdboden zu rammen. Um ehrlich zu sein, am liebsten hätte er ihm in diesem Moment wirklich den Hals herumgedreht. Wir haben gewartet, bis Femke wieder zurück in die Küche kam und dann noch einmal ganz vorsichtig und behutsam mit ihr geredet. Zwei Stunden später wussten wir, dass Jörg Svensson sie wohl mehrfach missbraucht haben muss, und ab da war uns klar, warum Femke so verstört war und sich ganz oft von uns zurückzog.

Wir beschlossen, zu den Svenssons zu fahren und Tilda und Jörg zur Rede zu stellen. Aber Jörg lachte nur hämisch. Wir hätten ja wohl schließlich keinerlei Beweise und wer würde schon einem ehemaligen Heimkind solch einen Schwachsinn glauben. Er fühlte sich vollkommen sicher und wir standen dem Ganzen nur ohnmächtig gegenüber. Femke wurde dann mit den darauffolgenden Monaten ein wenig aufgeschlossener, bis... naja, auf jeden Fall blieb sie dann bei uns, bis sie 20 Jahre alt war. Sie machte in Wyk ihre Ausbildung zur Bürokauffrau und lernte kurz darauf ihren jetzigen Mann Jochen kennen. Mit dem ist sie dann nach der Hochzeit nach Niebüll gezogen, aber das wissen Sie ja bestimmt schon alles. Jochen ist das Beste, was Femke passieren konnte. Er ist unglaublich liebevoll, drängt sie zu nichts und passt auf sie auf.

Er war es auch, der Femke dazu überredet hat, sich in psychiatrische Behandlung zu begeben, um ihr Trauma aufarbeiten zu können. Wir haben nach wie vor ein sehr gutes Verhältnis zu Femke, und die beiden sind sehr oft hier bei uns zu Besuch."

Sie lächelte schwach. Bente hatte sich ein wenig mühsam erhoben und sich neben sie auf die kleine Couch gesetzt. Sie strahlten zusammen einen tiefen Zusammenhalt aus und man sah, dass sie sich immer noch sehr zu lieben schienen. Nora erhob sich.

„Tschuldigung, aber ich würde gerne kurz nach draußen, eine Zigarette rauchen."

Kilian stand ebenfalls auf, Knut blieb bei den Lorentzens sitzen. Draußen auf der Terrasse nahm Nora einen tiefen Zug aus ihrer Zigarette. Dieser Fall ging ihr ziemlich nahe. Aber auch Kilian sah bedrückt aus.

„Unglaublich, was diesem armen Mädchen angetan wurde. Sowas kann kein Geld der Welt oder ein Gerichtsurteil wieder gut machen."

Wieder ein tiefer Zug, dann blies sie kraftvoll den Rauch aus.

„Was hältst du von dem allem hier? Sind die beiden in der Lage, eine Frau zu zerstückeln und sie quer auf der Insel zu verteilen?"

Kilian legte seinen Kopf in den Nacken und ließ seine Blicke über die grauen September-Wolken gleiten. Der Wind hatte aufgefrischt und wehte ihm einzelne, schwarze Haarsträhnen ins Gesicht. Weiter hinten am Horizont, wo man das Meer erahnen konnte schien es zu regnen.

Mittlerweile liebte er das Wetter hier fast schon genauso sehr, wie Knut es tat. Wann immer er hier war und danach wieder zurück nach Flensburg musste vermisste er die Freiheit, die ihm Föhr mit seiner Ursprünglichkeit, den wunderschönen Friesenhäusern, der Promenade und dem Sandstrand und nicht zuletzt den bezaubernden Inseldörfern vermittelte. Er überlegte lange, bevor er Nora antwortete.

„Wenn ich meinem Gefühl nachgehen könnte, würde ich felsenfest behaupten, dass die zwei Tilda Svensson niemals umgebracht haben. Aber leider können wir das SO nicht beweisen. Vielleicht waren sie nämlich, trotz ihrer ganzen Gebrechen, GEMEINSAM in der Lage gewesen, die Frau zu zerstückeln und dann hier überall zu verteilen. Ich finde auch, wir sollten unbedingt mal mit diesem Matze reden. Eventuell hat der in den letzten Jahren ein bisschen was mitbekommen und kann uns ein wenig mehr zu seinen Pflegeeltern sagen."

In dem Moment, als Nora darauf antworten wollte kam Knut aus dem Haus gestürmt.

„Leute, wir müssen auf der Stelle ins Friesenmuseum zu Anita, die war am Telefon völlig aufgelöst und hat nur gemeint, wir sollten ganz schnell kommen!"

Die Drei verabschiedeten sich zügig von Familie Lorentzen und baten sie noch, sich zu ihrer Verfügung zu halten. Dann rasten sie mit Blaulicht nach Wyk in den Rebbelstieg. Anita hatte heute ausnahmsweise Dienst in der „Kaffeewerkstatt", weil eine ihrer Kolleginnen krank geworden war. Sie hatte heute morgen noch in Allerhergottsfrüh einen Apfelkuchen und eine Marzipantorte gebacken und stand nun seit elf Uhr hinter dem Tresen des gemütlichen Cafés. Das war mit Original Delfter Kacheln gefliest, ebenso wie ein Stück des Bodens davor. Der gesamte Raum strahlte eine anheimelnde Gemütlichkeit aus und die junge Chefin, die das Café vor ein paar Monaten erst übernommen hatte, hatte daraus einen Anziehungspunkt für die zahlreichen Museumsbesucher gemacht.

Und dank Anitas Kuchen und Torten kamen mittlerweile sogar Einheimische und Touristen, die schnurstracks den Weg mitten durch „Haus Olesen", das älteste Haus der Insel Föhr nahmen, um zum Museumscafé zu gelangen. Knut freute sich insgeheim schon auf ein Stück Kuchen von seiner Freundin und schritt zügigen Schrittes voran. Aber soweit kamen sie erst gar nicht. Anita fing die drei bereits vorne an den mächtigen Blauwalkieferknochen, die den Eingang säumten ab. Sie war leichenblass und hatte Tränen in den Augen. In Knut erwachte sofort der Beschützerinstinkt und er nahm sie fest in den Arm.

„He, mein Engel, was ist denn passiert? Hat jemand deine Kuchen beleidigt? Zeig mir den Schuft, damit ich ihm ein paar aufs Maul hauen kann."

Anita knuffte ihn in die Seite und musste widerwillig schmunzeln.

„Ach Knut, du bist so doof, ehrlich mal. Kommt mit, ich muss euch dringend etwas zeigen."

Sie flitzte voraus, Knut, Kilian und Nora hatten beinahe Mühe, Schritt zu halten. Kilian sah schon von Weitem, was Anita so in Angst und Schrecken versetzt hatte.

„Ach du Scheiße, das kann doch wohl jetzt nicht wahr sein. Wo kommt das denn jetzt her??"

Er, Knut und Nora blieben wie angewurzelt stehen. Links auf der Bank, direkt vor dem „Haus Olesen" stand ein nackter, sehr dünner grauer Rumpf. Kilian schüttelte sich kurz. Man sah dem Körperteil an, dass er zu einer älteren Frau gehört haben musste. Die Haut war an den meisten Stellen faltig, die dünnen Brüste hingen schlaff und leer fast über den halben Oberkörper herab. Es war ein durch und durch grotesker Anblick. Knut sah sich um. Etwas weiter hinten standen ein Mann und eine Frau. Beide hatten sich abgewandt, der Mann hatte seine Arme um seine Frau gelegt.

„Das ist das Ehepaar, dass das „Ding" da gefunden hat. Sie kamen völlig panisch zu mir ins Café gestürmt."

Kilian nickte.

„Nora, würdest du bitte mit ihnen reden? Ich möchte mir das mit Knut gerne genauer ansehen."

Während Nora das Ehepaar befragte telefonierte Knut mit Rita Kummert.

„Gibst du Plüsch gleich noch Bescheid? Dann sperren wir hier schon mal weiträumig ab."

Er legte auf und drehte sich zunächst zu Anita, bevor er sich wieder dem abgetrennten Rumpf zuwandte.

„Ist alles gut bei dir mein Engel? Wie geht es dir?"

Er macht sich ein wenig Sorgen um sie, weil sie sich gerne alles schnell und sehr zu Herzen nahm. Aber Anita wirkte mit einem Mal erstaunlich taff und gefasst.

„Mir geht's gut, warum fragst du? Weil ich das Ding da gesehen habe? Na hör mal, als Polizistengattin muss ich sowas doch wohl abkönnen."

Knut musste lachen, obwohl das gerade hier an dieser Stelle mehr als unpassend war. Nora kam zurück und berichtete.

„Das ist das Ehepaar Weber, die machen hier Urlaub und wollten gerade einen Kaffee und Kuchen Abstecher ins Museumscafe machen. Herr Weber hat den Rumpf entdeckt, aber weder er noch sie haben sonst irgendjemanden gesehen, der in der Nähe des Tatorts gewesen wäre. Sie waren auch nicht näher dran, die Möglichkeit, Spuren zu finden, ist also recht hoch.“

Knut hob den Daumen. Zu Anita sagte er:

„Nimm du mal das Ehepaar Weber mit rein und spendier ihnen auf den Schreck hin einen Kaffee und ein Stück deiner traumhaften Marzipantorte. Wir sehen uns dann später, ich muss hier mal was arbeiten.“

Er küsste sie flüchtig, bevor Anita und die Webers zusammen zurück ins Café gingen. Erst jetzt betrachtete er sich den abgetrennten Rumpf genauer. Sie hatten sich Überzieher über ihre Schuhe gezogen, um mögliche Spuren nicht zu zerstören. Es war kein schöner Anblick. Das Körperteil wurde oben knapp unterhalb des Halses abgetrennt und unten etwas oberhalb der Hüfte. An beiden Stellen konnte man erkennen, dass, wie auch an den Händen und Beinen, offensichtlich mit einem sehr scharfen Messer gearbeitet worden war. Die Schnittkanten waren sauber, die Haut war kaum beschädigt.

„Ich bin mal gespannt, was Plüsch uns zum Thema „Abtrennungszeitraum" sagen kann. Mich würde echt interessieren, ob der Täter oder die Täterin den Körper am gleichen Tag in seine Einzelteile zerlegt hat oder ob er stückweise vorgegangen ist. Aber somit können wir uns jetzt auch ziemlich sicher sein, dass irgendwo auf der Insel noch der Kopf sein ziemlich einsames Dasein fristet."

Nora hatte sich den Tatort genauer angesehen.

„Fällt euch was auf? Die Täterin oder der Täter hat bewusst eine öffentliche Stelle ausgewählt. Sie oder er will uns quasi auf seine Spur bringen. Er oder sie ist stolz auf sein Werk und möchte dafür gelobt werden, weil er die Welt von diesem „Abschaum" befreit hat. Gut, der Rumpf war jetzt mehr als offensichtlich hindrapiert, aber auch die anderen Körperteile waren mit ein wenig Nachdenken und verhältnismäßig wenig Suchaufwand recht gut zu finden. Oder was meint ihr?"

Knut und Kilian sahen sich an. Noras Denkansatz machte durchaus Sinn. Knut fand ihre Schlussfolgerung sogar regelrecht beeindruckend.

Kilian grübelte.

„Wir sollten also überlegen, ob zwischen den einzelnen Fundorten ein Zusammenhang besteht, vielleicht finden wir ja dann endlich auch den Rest unseres Opfers."

Knut schlenderte vor zum Museumseingang. Er konnte sich vage an die Geschichte von „Haus Olesen" erinnern und brauchte nun ein paar Fakten. Frau Südermann, die fast täglich lehrreiche Führungen durch das Museum anbot griff nach einem Buch aus dem Regal gegenüber der Kasse. Sie blätterte, bis sie das gefunden hatte, was sie suchte, und hielt es Knut unter die Nase.

„Hier, sehen Sie? Das Haus ist das älteste erhaltene Haus auf Föhr, in einer der Dachbalken ist die Zahl „1617" eingekerbt. Es stand in Alkersum, wurde 1927 dort abgetragen und hier auf dem Museumsgelände wiedererrichtet. Warum fragen Sie?"

Knut sah sie an. Im Moment wusste er selbst noch nicht, warum er gefragt hatte, es war nur so ein Gedanke gewesen, ein Gefühl, dass er nicht erklären konnte. Er bedankte sich und ging nachdenklich zurück zu den anderen. Inzwischen waren Anja Morandt und Claas Brockmeyer aufgetaucht und hatten den Bereich weiträumig abgesperrt. Kilian sah Knut fragend entgegen.

„Und? Haben wir neue Erkenntnisse?" Knut starrte abwechselnd auf den Tatort, dann wieder auf das Haus. Dann schlug er sich an die Stirn.

„Das Haus stammt aus der Zeit, in der der glückliche Matthias gelebt hat, auch wenn es ungefähr 15 Jahre älter ist als er. Ich wette mit euch, da liegt unser Zusammenhang."

Hektisch griff er nach seinem Handy und tippte aufgeregt darauf herum. Als er gefunden hatte, was er suchte hielt er Nora und Kilian triumphierend den kleinen Bildschirm unter die Nase.

„Das ist das „Matthias Petersen"- Haus hier im Haidweg. Und ich könnte schwören, dass wir dort den Rest unserer Leiche finden."

Aufgeregt sagte er zu Claas: „Brocki, sie warten hier mit Anja auf Rita und ihre Truppe. Wir melden uns, falls meine Vermutung richtig ist."

Er spurtete los, Kilian und Nora hatten Mühe, ihm zu folgen. Sie rasten in den Haidweg. Knut war völlig hibbelig im Auto. Kaum hatte Kilian angehalten sprang er aus dem Auto und flitzte vor Richtung Eingang des Wohnkomplexes. Knut und Nora folgten ihm. Nora hielt sich die Seite und schnaufte wie eine alte Dampflok.

„Kann mir mal einer verraten, warum wir uns so beeilen müssen? Sollte der Kopf wirklich hier liegen rennt der uns bestimmt nicht weg."

Knut beachtete sie gar nicht, sondern fing fieberhaft an, zu suchen. Er inspizierte den Hauseingang, durchsuchte jeden einzelnen Busch und lief einmal um das ganze Haus herum. Kilian und Nora folgten seinem Beispiel und schauten überall da nach, wo man einen abgetrennten Kopf vermuten würde. Kurz darauf trafen sie sich alle wieder am Hauseingang. Enttäuscht verzog Knut das Gesicht.

„Das gibt es nicht, ich hätte Tod und Teufel schwören können, dass wir hier fündig werden. Wir haben bestimmt einfach noch nicht an den richtigen Stellen gesucht."

Nora sah sich schweratmend um. Wo würde man den Kopf einer Person entsorgen, die man offenbar so sehr gehasst hat, dass man sie eiskalt zerstückelt? Entsorgen, genau, das war`s doch. Sie lief zielstrebig zu den Mülltonnen, die schräg gegenüber vom Haus standen. Knut riss die Augen auf.

„Mensch, genau, warte..."

Nacheinander rissen sie die Deckel der Tonnen nach oben. Als sie bei der braunen Tonne angelangt waren und den Deckel hochgeklappt hatten fuhren sie erschrocken zurück. Knut griff sich mit einem lauten „Ahhh" ans Herz. Kilian schlich sich an die Tonne heran und warf einen zögerlichen Blick hinein. Der Anblick war schauderhaft. Ihm starrten zwei starre, offensichtlich vor Schreck weit aufgerissene Augen entgegen. Die grauen Haare standen wirr vom Kopf ab und waren blutverschmiert, die Haut aschfahl und die dünnen Lippen kaum mehr als ein Strich in einem sehr verhärmten Gesicht. Knut zückte sein Handy.

„Brockmeyer, sagen Sie Kummert, dass sie einen Teil ihrer Mannschaft in den Haidweg ins „Matthias Petersen"-Haus schicken soll.

Wir haben den Rest unseres Opfers gefunden."

Er legte auf und atmete tief aus.

„So, und jetzt habe ich noch so einiges an Fragen."

Haus „Olesen" auf dem Gelände des Friesenmuseums

Kapitel 11 – Wer warst du?

Während die Spurensicherung und das Team der KTU alles daransetzten, handfeste Beweise zu sichern machten sich Knut, Kilian und Nora auf den Weg in den Föhrer „Snupkroom" nach Oevenum. Knut hatte die Hoffnung, dort ein wenig mehr über Tilda Svensson erfahren zu können. Immerhin schien sie recht oft da gewesen zu sein, zumindest den unzähligen Tütchen in ihrer Wohnung nach zu urteilen.

Fenja, die Besitzerin der Bonbonmanufaktur stand hinter der großen Glasscheibe an einer ihrer Maschinen und rührte in der klebrigen Bonbonmasse. Knut zog den feinen, süßen Duft durch die Nase und sah sich mit leuchtenden Augen um. Er liebte dieses kleine Geschäft und würde mit Sicherheit hier nachher nicht mit leeren Händen wieder raus gehen. Kilian zog seinen Dienstausweis aus der Innentasche seiner Jacke.

„Moin, mein Name ist Kilian Brandner von der Kripo Flensburg, das hier ist meine Kollegin Nora Finke. Meinen Föhrer Kollegen brauche ich Ihnen ja wohl nicht vorstellen."

Fenja nickte Knut zu.

„Gud dai, was kann ich für Euch tun?"

Sie warf noch einen kurzen Blick in den Kessel, dann drehte sie die Temperatur herunter. Sie sah die drei Polizisten fragend an. Kilian ließ seinen Blick über die Regale schweifen. Überall standen diese kleinen Tüten, die sie bei Tilda Svensson gefunden hatten. Natürlich alle mit unterschiedlichstem Inhalt. Ihm stach ein Tütchen mit Anis-Stäbchen in die Augen, die aussahen wie rotes Glas, sowie blau-weiß gestreifte Eisbonbons. Die würde er Ulrike mitbringen, sie liebte Anis und die Eisbonbons sahen einfach zu lecker aus.

„Frau Brodersen, kannten Sie eine Tilda Svensson?"

Fenja nickte.

„Natürlich kannte ich die, sie hat hier immer ihre Eierlikör-Bonbons gekauft. Mindestens einmal in der Woche, meist gleich sechs bis acht Päckchen auf einmal. Hin und wieder nahm sie sich noch ein Tütchen „Kräuterbüddel" mit. Einmal hat sie zu mir gemeint, unsere Bonbons wären der einzige Luxus, den sie sich gönnen würde."

Knut nickte verständnisvoll. Neben der Friesentorte bei X-Bob im Café und den Torten und Kuchen von Anita waren seine Bonbons „Süße Träume" und die „Cappuccino-Karamell-Vanille"-Bonbons das Einzige, was er sich hin und wieder mit Genuss zu Gemüte führte.

„Ist Ihnen an Frau Svensson in letzter Zeit irgendetwas aufgefallen? War sie anders als sonst? Hatte sie vielleicht vor irgendetwas Angst? Wann war sie denn das letzte Mal da, wissen Sie das noch?"

Fenja sah noch einmal nach ihrer Masse, bevor sie antwortete.

„Ne, die alte Svensson war schon immer sehr seltsam, wenn ich das so sagen darf. Ich kannte sie ja auch eigentlich nur vom Hörensagen und von ihren Einkäufen hier. Da hat sie aber so gut wie nie etwas gesagt. Aber man hat ja im Allgemeinen nicht viel Gutes über sie gehört."

Sie zuckte leicht mit den Schultern.

„Sie kam immer dienstags, deshalb weiß ich, dass sie letzte Woche auch am Dienstag da war."

Knut und Kilian sahen sich an. Also hatte Tilda Svensson am Dienstag noch gelebt.

„Danke Frau Brodersen, das war`s erstmal. Wobei ... ich nehme noch das und das und ich glaube, die da vorne nehme ich auch noch mit."

Er griff nach einer Tüte, auf der „Maritimemischung" stand. Im Kern dieser Bonbons befanden sich zum einen Anker, Krebse und Leuchttürme sowie die Wörter „Moin", „Föhr" und „Ahoi". Kilian war restlos begeistert. Darüber würde sich seine Freundin bestimmt sehr freuen.

Knut hatte sich seine Tütchen schon gesichert und wartete mit Nora vor der Tür. Die war für Bonbons überhaupt nicht zu haben, sondern nahm erstmal einen tiefen Zug aus ihrer Zigarette. Kilian kam zufrieden mit einer Papiertüte voller Bonbontütchen zurück und strahlte.

„Also DAS nenne ich doch mal eine erfolgreiche Ermittlung, da wird sich Ulrike bestimmt tierisch freuen."

Er warf noch einmal einen zufriedenen Blick in die Tüte.

„Aber mal zurück zum eigentlichen Thema: Tilda Svensson hat also am letzten Dienstag noch gelebt. Laut Plüsch wurden die Hände und die Beine ja wohl am Donnerstag abgetrennt. Ich bin jetzt mal gespannt, was er zum Rumpf und zum Kopf sagt. Gehen wir doch jetzt einfach mal davon aus, dass die Täterin oder der Täter alles an einem Tag erledigt hat. Das müsste also eigentlich eine Riesensauerei gewesen sein und es dürfte bestimmt irgendjemand aufgefallen sein, wenn jemand versucht, Säcke mit Leichenteilen zu entsorgen. Da aber offenbar noch keiner in der näheren Umgebung einen Leichentransport gemeldet hat müssen wir dann davon ausgehen, dass der Mord vielleicht nicht hier auf der Insel passiert ist, sondern auf dem Festland? Oder gar auf einer Fähre?"

Knut sah seinen Kollegen völlig entgeistert an.

„Im Ernst? Jemand fängt unterwegs irgendwo eine alte, hier auf der Insel äußerst unbeliebte Frau ab, um sie in ihre Einzelteile zu zerlegen? Er oder sie wartet also explizit ab, bis Tilda Svensson die Insel verlässt, um dann zuzuschlagen, um sie danach wieder mühsam hier auf der Insel zu verteilen? Also bei aller

Liebe, aber das halte ich für eher unwahrscheinlich."

Auch Nora schüttelte den Kopf.

„Ne, also das glaube ich auch nicht. Wir sollten uns vielleicht noch einmal den inneren Kreis der Verdächtigen vornehmen. Haben wir da jemanden übersehen? Wer könnte denn zum Beispiel noch ein Motiv, beziehungsweise genug Hass gehabt haben, ihr auf so brutale Art und Weise das Leben auszuhauchen. Wen haben wir bisher schon alles befragt?"

Knut und Kilian sahen sich an, dann zählte sie gemeinsam auf.

„Also die Nachbarn, die ehemaligen Pflegekinder, den Pfarrer, dessen Haushälterin, die Pflegeeltern von Femke Larsen, diesen komischen Künstler... wer fehlt denn noch?"

Sie waren inzwischen wieder am Auto angelangt. Knut stieg dieses Mal auf der Fahrerseite ein.

„Wir fahren nochmal im Museum vorbei. Erstens will ich kurz nach Anita sehen, und zweitens bin ich neugierig, ob Rita schon was herausbekommen hat."

Keine 20 Minuten später standen sie wieder vor „Haus Olesen" auf dem Gelände des Friesenmuseums. Rita und ihr Team waren noch in vollem Gange, der Rumpf befand sich bereits auf dem Weg zu Hinnerk „Plüsch" Petersen in die Gerichtsmedizin. Rita sah ein wenig erschöpf aus, war aber, für einen ganz normalen Mittwoch, ziemlich auffällig geschminkt. Knut gruselte es, er überlegte ernsthaft, der Kollegin von der Spusi auf Weihnachten einen Make-up Kurs zu schenken.

„Leute, hier wimmelt es nur so von Spuren, da was Brauchbares zu separieren dürfte fast unmöglich sein. Wobei wir hier direkt vor der Bank einige Abdrücke gefunden haben, die vielleicht interessant sein könnten."

Sie führte die beiden Kommissare und Kilians Assistentin vor zur Bank, auf der der Rumpf drapiert worden war.

„Seht ihr das hier?"

Es hatte die Nacht zuvor leicht geregnet, der Boden war weich und die unzähligen Schuhabdrücke rundherum gut sichtbar. Sie deutete auf einen verhältnismäßig tiefen Abdruck, der ein ziemlich markantes Profil hinterlassen hatte.

„Diese Abdrücke führen ziemlich ohne Umschweife zu der Bank hin und wieder weg. Also ohne große Umwege, versteht ihr, was ich meine? Die meisten Besucher laufen hier eher ziellos über das Gelände. Mal hierhin, mal dorthin, mal auf die Bank, dann wieder Richtung Café, dann über die Wiese... alles ohne festen „Plan". Diese Person scheint, laut unseren ersten Erkenntnissen zufolge, das Museumsgelände betreten zu haben und zielstrebig zu dieser Bank gelaufen zu sein.

Und ist scheinbar ebenso schnurstracks wieder raus."

Sie richtete sich auf.

„Aber so ganz festlegen will ich mich da noch nicht, wir verfolgen die Spur gerade noch. Ich sag euch dann zeitnah Bescheid."

Und schon wieder war Knut heillos verwirrt. Warum war die denn so über alle Maßen freundlich und auskunftsfreudig? Da stimmte doch was nicht. Er verwarf den Gedanken, weil in diesem Moment Anita durchs „Haus Olesen" gelaufen kam.

„Na mein Bärchen? Wart ihr erfolgreich?"

Er nickte. „Ja, unser Puzzle ist somit komplett."

Anita verzog das Gesicht. „Ach igitt, Knut. Das ist ja ekelhaft."

Sie verschränkt die Arme vor ihrem üppigen Busen.

„Ihr kommt jetzt alle mit mir und genehmigt euch ein schönes Stück Kuchen und einen Kaffee. Und dann könnt ihr wieder eurer Wege gehen, einverstanden?"

Knut legte ihr eine Hand auf den Rücken und streichelte sie zwischen den Schulterblättern.

"Das ist ein fantastischer Einfall. Bist halt doch meine Beste, meine kleine Zuckerschnecke."

Sie saßen auf den kuscheligen Fellen, die auf den Sitzflächen der Holzstühle lagen, hatten ein Stück Kuchen vor sich und hingen unabhängig voneinander ihren Gedanken nach. Nora rührte in ihrer heißen Zartbitter-Schokolade und leckte danach den Löffel ab.

„Deine Freundin ist schon ne ganz Liebe, mal ganz ehrlich. Sowas muss man heutzutage suchen, da kümmert sich doch keiner mehr um den anderen. Und deine Anita ist so mütterlich und liebevoll, da bist du echt zu beneiden. Und außerdem..."

Sie sah Anita hinterher, die gerade den zwei Frauen am Nebentisch Kaffee brachte, „... hat sie einen ziemlich heißen Hintern."

Knut hob die Augenbrauen und guckte schelmisch.

„Siehste, und genau deswegen gehört dieses Prachtweib ja auch mir."

Jetzt in diesem Moment, wo ihn Nora noch einmal so direkt darauf aufmerksam. gemacht hatte, fühlte er sich als ein sehr glücklicher Mann. In diesen schönen Augenblick hinein klingelte sein Handy.

„Brockmeyer, was gibt's Neues? Konnten Sie und Anja schon mit Svea Asmussen reden?"

Claas Brockmeyer räusperte sich kurz.

„Ja, wir haben sie zu allen vier in Frage kommenden Tagen verhört. Mittwochs hat sie wohl mit ihrer Mutter und ihrem Freund die Kirche geputzt, donnerstags war sie mit einer Freundin zum Fahrrad fahren verabredet und am Freitag hat sie gearbeitet. Sie arbeitet als Friseurin in der „Hair & Beauty Lounge" in Wyk. Am Wochenende war sie wohl die ganze Zeit mit ihrem Freund zusammen. Jedenfalls behauptet sie das."

Knut nickte.

„Dann finden Sie mal noch schnell heraus, wer dieser ominöse Freund ist und sagen mir Bescheid. Ich denke, wir sollten dem dann auch mal noch die ein oder andere Frage stellen. Ansonsten danke Brocki, für heute war`s das erstmal. Wir kommen später noch rein, bei uns gibt es nämlich auch einiges an Neuigkeiten."

Er legte auf und schaute in die Runde. Die Teller waren inzwischen leer, Anitas Kuchen war mal wieder ein absolutes Gedicht gewesen.

„Svea Asmussen, ihr erinnert euch? Die Tochter von der Haushälterin des Pfarrers? Sie gibt an, für alle vier Tage ein Alibi zu haben. Dieses hört sich aber meines Erachtens auf den ersten Blick noch recht dünn an. Vor allem hat sie ausgesagt, das gesamte Wochenende mit ihrem Freund verbracht zu haben. Ich finde, wir sollten das überprüfen und einfach mal ein paar Sätze mit dem Freund reden. Brockmeyer findet für uns gerade den Namen und die Anschrift heraus, dann werden wir dem jungen Mann mal einen Besuch abstatten."

Kurz darauf klingelte sein Handy erneut. Sein Assistent hatte den Namen des Freundes von Svea Asmussen für ihn. Knut stutzte kurz.

„Sagt mal, weiß einer von euch den Nachnamen von diesem Matze, der bei den Lorentzens wohnt?"

Kilian und Nora sahen ihn fragend an.

„Also Sveas Freund heißt Matze Reiter. Und so viele Matze gibt's hier doch mit Sicherheit nicht. Das wäre ja jetzt ein ziemlich großer Zufall, findet ihr nicht?"

Kilian versuchte gerade, den allerletzten kleinen Kuchenkrümel mit der Fingerspitze aufzusammeln.

„Joa, vielleicht ein Zufall, vielleicht aber auch nicht."

Dann sah er auf die Uhr. Es war inzwischen schon fünf Uhr nachmittags.

„Wisst ihr was? Lasst uns diesen Matze Reiter doch für morgen früh auf die Wache beordern. Für heute ist Schluss würde ich sagen. Ich bin jetzt seit Sonntag auf der Insel und ich habe noch kein einziges Bier im „Pitschis" getrunken. Und ich finde, das geht so nicht!"

Knut grinste. Sein Freund fühlte sich auf Föhr sichtlich wohl und hatte schon so manche „Inselgewohnheiten" von Knut übernommen. Sie erhoben sich, Knut lief noch schnell zu Anita hinter den Tresen, während die anderen beiden ihr beim Raus-laufen zuwinkten.

„Tschüss mein Engel, wir sehen uns heute Abend. Wie lange musst du?"

Anita sah auf die Uhr.

„Ich denke, so gegen sechs mach ich die Schotten hier dicht und fahr nach Hause."

Er zog sie an ihren runden Hüften zu sich und küsste sie stürmisch mitten auf den Mund. Anita machte sich fast schon ein wenig verlegen los.

„He, doch nicht hier auf der Arbeit. Spar dir das für zuhause."

Sie schob ihn liebevoll von sich weg und machte sich an der Kaffeemaschine zu schaffen. Knut folgte Kilian und Nora zum Auto um gemeinsam mit ihnen im „Pitschis" ein Feierabendbier zu trinken.

„Kaffeewerkstatt" im Museumscafé

Kapitel 12 - alte Fragen, neue Erkenntnisse

Matze Reiter saß auf einem der Holzstühle auf der Wyker Wache und sah sich fragend um. Er wusste nicht recht, was er hier sollte. Man hatte ihn heute morgen angerufen und auf die Wache gebeten. Bisher saß nur Claas Brockmeyer bei ihm. Draußen vor der Tür hörte er Stimmen, zwei Männer und eine Frau unterhielten sich über den gestrigen Abend, den sie offenbar gemeinsam verbracht hatten.

Er fuhr sich mit den Handflächen über seine Jeans und dann mit den Fingern durch seine braunen, ohnehin leicht strubbeligen Haare und zog kurz an der Kapuze seines Hoodies. Dann ging die Tür auf, Knut, Kilian und Nora kamen herein und nahmen ihm gegenüber Platz. Matze war ein wenig erstaunt über diese Konstellation, die da vor ihm saß. Knut Hansen kannte er vom Sehen und der neben ihm war schon mal auf der Insel, als man den Jogger vor einiger Zeit umgebracht hatte. Nur diese Frau in der Mitte, die kannte er nicht. Er war sich auch sicher, dass er sie draußen auf der Straße niemals beachtet hätte. Dafür war sie ihm viel zu maskulin. Abwartend sah er nun in die Runde. Knut ergriff als Erster das Wort.

„Herr Reiter, schön, dass Sie so schnell zu unserer Verfügung stehen konnten. Wir hätten da noch die ein oder andere Frage bezüglich des Mordes an Tilda Svensson."

Matze kreuzte unter dem Stuhl seine Füße und legte die Hände gefaltet auf den Tisch. Alles in allem wirkte er sehr neutral und entspannt.

„Na klar, fragen Sie. Ich weiß nur nicht, ob ich Ihnen behilflich sein kann."

Kilian lehnte sich vor.

„Herr Reiter, ist es korrekt, dass Sie mit Svea Assmusen zusammen sind? Wenn ja, wie lange denn schon?"

Matze nickte. „Ja, Svea und ich sind zusammen, seit ungefähr einem halben Jahr. Aber was genau hat das denn jetzt mit dem Mord zu tun?"

Kilian lehnte sich wieder zurück und überschlug die Beine.

„Sie sind 36 Jahre alt, richtig?" Matze Reiter nickte.

Kilian fuhr fort. „Und Svea ist 21, wie kam diese Beziehung denn zustande? Ich finde, der Altersunterschied ist schon auffällig. Wie haben Sie beide sich denn kennengelernt?"

Matze runzelte die Stirn und kniff die Augen zusammen. Er wusste immer noch nicht genau, was das Ganze sollte, er würde aber bereitwillig Auskunft geben.

„Ich kenne Svea schon sehr lange, weil ich früher sehr oft in der St. Laurentii zum Gottesdienst war. Ich wurde dort auch konfirmiert und war lange in der Kirchenjugend. Und Fenja war immer mit ihrer Mutter dort, die ist ja schon seit Ewigkeiten die Haushälterin von Pfarrer Carstens. Wir haben uns also immer mal wiedergesehen und vor einem halben Jahr ungefähr sind wir uns dann nähergekommen. Und was den erwähnten Altersunterschied betrifft: Svea ist sehr reif für ihr Alter und wir können uns richtig gut unterhalten. Und der Rest passt auch."

Nora blinzelte ihn an.

„Wie viele Beziehungen hatten Sie denn bisher, wenn ich fragen darf?"

Matze sah sie mehr als skeptisch an.

„Ich weiß zwar nicht, was das hier zur Sache tut, aber Svea ist meine insgesamt dritte Freundin. Alle meine Beziehungen vor ihr waren langjährig und sind nur deswegen auseinandergegangen, weil wir uns mit der Zeit überdrüssig wurden."

Er sah sie fast ein wenig herausfordernd an. Auch Kilian und Knut wussten nicht wirklich, was Nora mit dieser Frage bezwecken wollte.

„Herr Reiter, wo waren Sie in dem Zeitraum von letztem Mittwoch und dem vergangenen Sonntag?"

Matze dachte nach.

„Wie Sie wahrscheinlich wissen, arbeite ich unter anderem auf dem Hof meiner Pflegeeltern und halte dort alles in Schuss. Außerdem haben die beiden noch ein Stück

Acker, das wir bewirtschaften und auf dem Roggen angebaut wird. Am Mittwoch habe ich Svea und ihrer Mutter geholfen, die Kirche zu putzen, am Donnerstag war ich auf dem Feld und von Donnerstag auf Freitag war ich bei Svea, weil ihre Mutter da auf dem Festland war. Samstags habe ich Bente auf dem Hof geholfen und am Sonntag war ich den ganzen Tag mit Svea und ihrer Mutter unterwegs."

Er machte eine kurze Pause.

„Sonst noch was? Oder konnte ich hiermit Ihre Fragen zu Ihrer Zufriedenheit beantworten?"

Die drei Menschen ihm gegenüber sahen erst sich an, dann wieder zu ihm. Knut schüttelte den Kopf.

„Nein, ich denke, fürs Erste war es das. Aber Sie halten sich bitte zu unserer weiteren Verfügung, falls wir doch noch die ein oder andere Frage hätten."

Matze Reiter erhob sich lässig, zog sich seine Hose ein Stück nach oben, klopfte mit den Fingerknöcheln dreimal auf den Tisch und schlenderte dann zur Tür. Als er draußen war gab Nora ein leises „Puh" von sich. Knut sah sie fragend an.

„Was magst du denn an dem nicht?"

Nora schob die Unterlippe vor. „Also wenn du mich so fragst... alles. Er hält sich sehr wahrscheinlich für den schönsten Mann der Insel und ist mir ein wenig zu selbstsicher."

Kilian schob seinen Stuhl zurück und erhob sich.

„Was würdest du jetzt als Nächstes vorschlagen?"

Nora stand ebenfalls auf und streckte sich. „Also ich würde sagen, wir reden noch einmal mit dieser Svea Assmusen. Ich habe da so ein Gefühl, als könnte die uns noch ein bisschen weiterhelfen."

Kilian sah Knut an.

„Von mir aus, dann soll Basti sie einbestellen. Ich bräuchte jetzt erstmal was zu futtern. Wer kommt mit?"

Kilian war sofort dabei, Nora wollte sich lieber noch einmal die Akte zum Fall „Tilda Svensson" ansehen. Sie suchte nach versteckten Hinweisen oder Dinge, die sie übersehen hatten. Also machten sich Kilian und Knut alleine auf den Weg zum Café „die Insel".

Das Wetter war so wie in den letzten Tagen auch schon. Grau, manchmal recht stürmisch, immer leicht diesig und die Luft fühlte sich feucht und kalt an. Kilian machte kurz „brrr", als sie vor die Tür der Wache traten. Knut sah ihn amüsiert an.

„Na hör mal, du wirst doch wohl jetzt nicht frieren. Ist doch noch nicht mal Winter."

Er zog sich die Kapuze seiner Jacke über den Kopf und atmete tief durch. Er mochte jede Art von Wetter hier auf der Insel, ob sonnig, stürmisch, regnerisch oder neblig wie heute. Schweigend liefen sie nebeneinanderher, vorbei am Hafen hin zur Königsstrasse, wo sich die Kleidergeschäfte aneinanderreihten. Sie liefen bis vor zum Sandwall und schlugen einvernehmlich zunächst den Weg zur neuen Mittelbrücke ein.

Als sie ungefähr in der Mitte der Brücke den Holzwal erreicht hatten, der als Klettermöglichkeit für Kinder diente, wurde der Wind kräftiger und Kilian schlug seinen Kragen hoch. Sie liefen weiter, vorbei an dem Glasbau, in den man sich zurückziehen konnte, wenn es draußen zu sehr stürmte oder regnete. Ein wenig weiter vorne stellten sie sich ganz vorne an das Geländer, das die Brücke umrahmte.

Die Nordsee war unruhig, die Wellen waren recht hoch und das Rauschen des Meeres erdete Knut in Sekunden. Er hob die Nase in den Wind und atmete ganz tief durch. Kilian neben ihm schloss kurz die Augen und dachte an seine Freundin Ulrike. Wie gerne hätte er sie jetzt hier neben sich gehabt. Er musste sie dringend später mal anrufen, einfach so, und ihr sagen, dass er sie liebte und sie vermisste. Knut stupste ihn an.

„Komm, ich brauche einen schönen heißen Tee."

Sie liefen den Weg über die Holzplanken zurück, bis hin zum Café, das genau gegenüber der Mittelbrücke lag. Jetzt, um diese Jahreszeit wurde der Strom der Touristen weniger, ab Oktober, November wurde es ruhig auf Föhr. Dann hatten die Insulaner endlich Zeit für Urlaub und oftmals wirkte die Insel dann wie ausgestorben. Ganz viele Geschäfte, Restaurants und Cafés hatten über die Wintermonate geschlossen und öffneten erst wieder im Frühjahr, zum Start in die neue Saison ihre Türen. Sie nahmen drinnen Platz und warteten bis Y-Bob zu ihnen an den Tisch kam.

„Moin die Herren, na, kleine Ermittlungspause?"

Y-Bob war, wie sein Kollege X-Bob ein sehr humorvoller und warmherziger Mensch, der sich Zeit nahm für seine Gäste und für jeden ein freundliches Wort auf den Lippen hatte.

„Jo, muss ja auch mal sein, nä?"

Knut rieb sich behaglich die Hände. Ohne Kilian zu fragen orderte er zwei „Gedecke". Kilian wollte kurz protestieren, überlegte es sich aber dann anders. So ein schönes Stück Friesentorte war jetzt genau das Richtige, und der Tee würde ihm bestimmt guttun. Als

Torte und Tee vor ihnen stand begannen sie, zu reden.

„Also ich fürchte ja, wir müssen unsere Strategie ein wenig ändern. Ich persönlich habe bislang überhaupt keine Ahnung, wer unsere Mörderin oder unser Mörder sein könnte. Oder geht's dir da anders?"

Knut sah Kilian fragend an. Der hatte sich gerade eine ziemlich volle Gabel Blätterteig, Sahne und Pflaumenmus in den Mund geschaufelt und kaute nun genüsslich. Er deutete Knut an, dass der sich solange gedulden müsse. Als er fertig gekaut hatte nahm er noch einen Schluck Tee hinterher und setzte erst dann zu einer Antwort an.

„Also ich habe ja immer noch Bente und Hannah Lorentzen auf dem Schirm. Die hätten das beste Motiv und ich traue ihnen durchaus einen gemeinschaftlichen Mord zu. Immerhin haben die Svenssons das Leben eines ihrer Pflegekinder völlig zerstört."

Knut hatte seine Teetasse in der Hand und starrte auf den Teebeutel, der neben ihm in einer Schale lag.

„Ich weiß nicht, da bin ich ehrlich gesagt nicht ganz so bei dir. Für mich hätten ziemlich viele ein echt gutes Motiv. Wenn man es mal genau nimmt, könnte die halbe Insel die alte Svensson auf dem Gewissen haben."

Er nahm einen Schluck und redete dann weiter.

„Also ich finde, Nora hat recht. Wir sollten selbst noch einmal mit Svea Assmusen reden.

Vielleicht hat Brockmeyer einfach nur die falschen Fragen gestellt. Und mich würde auch mal ihre Sicht auf die Beziehung zu Matze Reiter interessieren."

Sie hatten inzwischen beide ihre Teller bis auf den letzten Krümel geleert und riefen Y-Bob, um zu bezahlen. Kaum standen sie wieder draußen im herbstlichen Nieselregen als Knuts Handy klingelte.

„Moin Hansen, Petersen hier."

Der Gerichtsmediziner aus Kiel hörte sich ziemlich fröhlich an.

„Ah Plüsch, hast du was Neues für uns? Warte, ich stell dich mal auf laut."

Er hielt sein Handy zwischen sich und Kilian, so konnten sie beide hören, was Hinnerk ihnen zu berichten hatte.

„Also, euer Opfer wurde tatsächlich „am Stück" zerlegt, also alles am gleichen Tag. Die Schnittstellen weisen alle dasselbe Muster auf, sprich, die Täter oder der Täter hatte eine einzige Klinge in Gebrauch. Laut meinen Untersuchungen dürfte es sich hierbei um eine Art Hackbeil handeln, so wie es zum Beispiel Metzger verwenden, um das Fleisch zu verarbeiten. Die Schnittkanten sind ziemlich sauber, also keinerlei Anzeichen von zerfetzter Haut oder so.

Sie oder er muss also mit relativ großer Kraft zugeschlagen haben, um die jeweiligen Körperteile abzutrennen. Rita meinte übrigens noch, dass sie im Haus von Tilda Svensson zwar Spuren von Fußabdrücken gefunden hätten, aber sie können sie noch nicht zuordnen. Sie wäre sich aber ziemlich sicher, dass Tilda nicht im Haus zerlegt worden sei."

Man hörte kurz Papier rascheln.

„Mehr kann ich euch dazu allerdings nicht sagen. Ich würde die Leiche nun freigeben... beziehungsweise das Körperteilepuzzle."

Er prustete in den Hörer. Knut schüttelte den Kopf und verdrehte die Augen.

„Danke Plüsch, ich hoffe, wir haben es jetzt erstmal nicht mehr miteinander zu tun. Also rein beruflich natürlich."

Er legte auf und sah Kilian an.

„Und? Was meinst du jetzt dazu? Ich würde ja mal sagen, bei „relativ großer Kraft" sind die Lorentzens raus, oder nicht?"

Kilian kniff die Augen zusammen und schaute nach oben in den grauen Himmel.

„Ja, vielleicht. Diesem Bente traue ich trotzdem so einiges zu. Lass uns zurücklaufen, mal schauen, was Nora in der Zeit so getrieben hat.

Kapitel 13 - Das, was war wird bleiben

Als sie ungefähr zehn Minuten später wieder zurück auf der Wache waren, hatte Nora ein paar interessante Neuigkeiten für sie.

„Wusstet ihr, dass Tilda Svensson regelmäßig größere Summen an die St. Laurentii gespendet hat? Sie wollte wohl sichergehen, dass sie nach ihrem Tod einen schönen Grabplatz auf dem Friedhof bekommt. Außerdem besuchte sie seit dem Tod ihres Mannes regelmäßig die Gottesdienste und nahm an kirchlichen Festen teil. Fast so, als wollte sie durch ihren neu entdeckten Glauben ihr Gewissen ein wenig beruhigen."

Sie blätterte bis fast ganz nach hinten in der Akte.

„Sie hat wohl noch im Gefängnis einen Brief an die Lorentzens geschrieben, in dem sie ihnen Geld angeboten hat, damit sie über das Geschehene Stillschweigen bewahren."

Knut ließ sich auf einen Stuhl fallen und strich sich über das Gesicht.

„Warum haben die zwei uns das nicht erzählt? Haben sie vielleicht doch noch irgendetwas anderes zu verheimlichen?"

Basti schob seinen Kopf zur Tür herein.

„Svea Assmusen kann erst fünf da sein." Knut hob den Daumen und schaute auf die Uhr. Es war ein Uhr mittags.

„Wie wäre es, wenn wir dann Hannah und Bente vorher noch einen kleinen Besuch abstatten würden?"

Kilian und Nora waren einverstanden und gemeinsam machten sie sich auf den Weg zu den Lorentzens.

„Gud Daj Hannah, ist Bente auch da?"

Knut sah sie ernst an. Hannah bat ihn, Kilian und Nora in die gemütliche Küche. Dieses Mal bot sie ihnen keinen Tee an, sie spürte wohl, dass es dieses Mal nicht um ein gemütliches Plauderstündchen gehen würde.

„Wartet, ich hole ihn, er ist mit Matze draußen am Traktor."

Sie ging langsam nach draußen. Als sie zusammen mit ihrem Mann einige Minuten später wieder zurückkam, war Knut schon wieder leicht ungeduldig.

„Warum habt ihr uns nicht erzählt, dass Tilda euch damals Geld angeboten hat?" Bente und Hannah sahen sich an. Bente verließ die Küche und kam kurze Zeit mit einem Zettel in der Hand zurück.

„Hier, das hat uns diese Hexe damals geschrieben."

Kilian nahm dem Brief vorsichtig in die Hand, während Knut und Nora sich dicht an ihn drängten, um mitlesen zu können.

Er murmelte: „einfach Gras über die Sache wachsen lassen... so schlimm war das doch alles nicht... Femke soll nicht so übertreiben... euch glaubt man doch sowieso nicht...15.000 Euro, damit ist die Sache erledigt..."

Er ließ den Brief sinken und atmete tief durch die Nase ein.

„Frau Lorentzen, das hier ist ziemlich harter Tobak für eine Mutter, oder irre ich mich da? Das beweist ja, dass Tilda Svensson von den Eskapaden ihres Mannes wusste und ihn auch noch gedeckt hat."

Hannah sah ihn nicht an. Ihre Augen suchten die ihres Mannes, der beschützend den Arm um sie legte. Sie rieb sich über die Augen, dann straffte sie ihre Schultern.

„Sie haben recht, ich wäre ihr am liebsten damals an die Gurgel gegangen, als ich den Brief gelesen hatte. Aber was hätte es genützt? Sie saß im Gefängnis und wir hatten nichts gegen sie oder Jörg in der Hand."

Knut dachte nach.

„Wieso seid ihr denn nicht einfach zur Polizei? Da hätte man euch doch helfen können!" Bente schnaubte kurz verächtlich.

„Was glaubst du denn, wo wir mit diesem Wisch hin sind? Der damalige Polizeichef hat allerdings nur gemeint, dass, wenn es zu einer Gerichtsverhandlung kommen würde, Femke noch einmal alles bis ins Detail erzählen müsse, was Jörg mit ihr gemacht hatte. Für uns ein absolutes Ding der Unmöglichkeit, das hätten wir Femke niemals angetan."

Sie wurde grau im Gesicht. Nora schluckte.

„Haben Sie das Geld damals genommen?"
Wieder sah sich das Ehepaar an, Hannah
schlug die Augen nieder.

„Ja, haben wir. Und wir hatten gute
Gründe dafür."

Knut und Kilian waren angespannt.

„Und die wären...?" Hannah zeigte
Richtung Wohnzimmer.

„Können wir uns vielleicht doch kurz
setzen? Ich glaube nicht, dass ich euch das im
Stehen erzählen möchte."

Sie gingen also zu fünft ins Wohnzimmer
und verteilten sich auf die graue Sitzgarnitur.
Hannah sah Bente an.

„Willst du es vielleicht erzählen oder soll
ich?"

Wieder strich er ihr beruhigend über den
Rücken.

„Nein mein Liebling, mach du das bitte.
Ich werde sonst nur unnötig laut."

Hannah holte tief und Luft und begann, zu
erzählen.

„Ich habe euch ja schon beim letzten Mal
gesagt, dass Jörg Femke mehrfach
vergewaltigt hat. Da war sie zwischen acht
und zehn Jahren alt. Als sie zu uns kam hörte
das Martyrium zwar auf, aber der psychische
Schaden, den sie dadurch erlitten hatte war
immens und kaum abzuschätzen. Im Laufe
der ersten zwei Jahre hier bei uns wurde sie
ein weniger fröhlicher, sie hatte Freundinnen,
mochte die Schule und fuhr in ihrer Freizeit
gerne Rad.

Eines Tages kam sie nach Hause und war blass wie die Wand. Ich habe sie sofort gefragt, was denn los sei. Sie meinte aber nur, sie hätten bei Sanne noch ein Eis gegessen, wahrscheinlich wäre ihr davon gerade schlecht. Ich habe ihr geglaubt, was hätte ich auch sonst tun sollen? Es war gerade alles gut, wir wurden zu einer richtigen kleinen Familie."

Die Erinnerung daran trieb ihr die Tränen in die Augen.

„Ungefähr drei Monate später hatte ich das Gefühl, dass sich Femke verändert. Ihr Gesicht wurde unrein, ihre Stimmung schwankte extrem und sie beschwerte sich bei mir, dass ihre Brust so komisch weh täte. Außerdem wurde sie wieder verschlossener, wirkte die meiste Zeit in sich gekehrt, wollte weder Fahrrad fahren, noch sich mit ihren Freundinnen treffen. Sie war damals 13 Jahre alt, also habe ich das alles auf die Pubertät geschoben. Zwei Monate später begann sie, zuzunehmen, seltsamerweise nur am Bauch.

Ich weiß noch, dass mir damals ganz mulmig wurde. Ich nahm sie beiseite und fragte ganz vorsichtig, ob sie vielleicht schon einen Freund hätte. Sie verneinte das vehement. Aber ihr Gesicht umwölkte sich dabei, sie starrte mich an, als hätte sie einen Geist gesehen, dann brach sie in Tränen aus. Ich nahm sie fest in den Arm, sie ließ sich kaum beruhigen. Eine gefühlte Ewigkeit später erzählte sie mir dann, dass sie auf einer ihrer Fahrradtouren Jörn wieder begegnet wäre. Er hätte sie erst ganz freundlich gefragt, wie es ihr denn ginge, und wie es ihr bei uns gefallen würde. Und dann zog er sie wohl unvermittelt vom Fahrrad, zerrte sie in eine nahegelegene Scheune und vergewaltigte sie erneut.

Nur... dieses Mal blieb die Tat nicht folgenlos."

Ihre Stimme brach, sie schluchzte kurz auf. Kilian und Knut waren erschüttert, Nora fragte leise nach: „Er hat Femke geschwängert??"

Hannah nickte.

„Ja, wir waren kurz nach ihrem Geständnis mir gegenüber beim Arzt. Der bestätigte die Schwangerschaft, sie war damals schon fast im sechsten Monat, also natürlich viel zu spät, um handeln zu können, auf welche Art und Weise auch immer. Wir gingen wie betäubt nach Hause und überlegten dann, welche Schritte wir als Nächstes unternehmenden sollten. Femke war wie erstarrt, sie hat sich geweigert, mit uns zu reden und wollte von alledem nichts mehr hören.

Also haben Bente und ich beratschlagt, wie es weitergehen soll. Und kamen zwei Tage später zu dem Entschluss, Jörn Svensson anzuzeigen. Er kam dann für 15 Jahre hinter Gittern. Was natürlich an der Situation hier nichts geändert hat.

Femke brachte im Jahr 1989, kurz vor ihrem 14. Geburtstag einen gesunden Jungen zur Welt. Wir haben das Ganze damals versucht, irgendwie zu vertuschen. Femke hat ab dem Moment, in dem wir wussten, dass sie schwanger ist das Haus kaum noch verlassen. Und wir konnten ihren wachsenden Bauch recht gut unter weiter Kleidung verstecken. Als der Junge da war haben wir ihn als unser neues Pflegekind ausgegeben. Jeder wusste, dass wir schon immer Pflegekinder aufgenommen haben und somit wurden keine Fragen gestellt. Und Femke ging bald nach der Geburt wieder zur Schule. Man bekam den Eindruck, als wäre das alles nicht passiert.

Was allerdings dadurch in Femke alles kaputtgegangen war und zerstört wurde haben wir erst sehr viel später bemerkt. Wir haben über die nächsten Jahre hinweg einfach funktioniert, haben Femkes Sohn großgezogen, Femke unterstützt, wo es nur ging und haben versucht, beiden ein friedliches und liebevolles Zuhause zu geben."

Sie wischte sich mit dem Taschentuch über die Augen. Bente streichelte ihr unablässig die Schulter. Sie sah Knut, Kilian und Nora fast schon entschuldigend an.

„Es tut mir leid, dass wir Euch das nicht schon früher erzählt haben. Aber diese Situation belastet uns schon seit Jahrzehnten und darüber zu sprechen fällt uns unglaublich schwer. Außerdem wollen wir irgendwann endlich Ruhe in all das einkehren lassen."

Sie straffte die Schultern.

„Und jetzt, mit Tildas Tod, können wir vielleicht endlich mit all dem abschließen."

Knut senkte den Kopf. Dieser letzte Satz machte Hannah und Bente Lorentzen natürlich noch verdächtiger, als sie es sowieso schon waren, und auch Kilian sah ziemlich ratlos aus.

Lediglich Nora fragte ein wenig unsicher: „Also Femke ist ja nun schon recht lange weg von Föhr. Was ist denn mit ihrem Sohn passiert? Haben Sie noch Kontakt zu ihm? Wissen Sie, wo er sich zurzeit aufhält?"

Hannah runzelte die Stirn und blickte fragend und leicht argwöhnisch in die Runde.

„Natürlich haben wir Kontakt zu ihm, er wohnt ja schließlich noch hier bei uns."

Jetzt horchten die drei auf. Knut rutschte bis vor auf die Sesselkante.

„Willst du damit sagen, Matze Reiter ist der Sohn von Femke??"

Hannah nickte bestätigend.

„Aber ja, ich dachte, ihr wüsstest das längst."

Man spürte förmlich, wie sich die Energie im Raum veränderte.

„Weiß er, dass seine Pflegeschwester in Wahrheit seine Mutter ist?"

Bente schüttelte vehement den Kopf.

„Nein, wir sind übereingekommen, dass wir das besser für uns behalten. Das hätte nur zu komplizierten Verstrickungen geführt. Als Matze acht Jahre alt war haben wir ihm erzählt, dass seine Mutter bei seiner Geburt gestorben ist und dass man nicht wusste, wer der Vater war. Er hat das ziemlich gleichgültig zur Kenntnis genommen, schließlich kannte er es ja nicht anders, als dass WIR seine Familie sind. Ich sein Vater, Hannah seine Mutter und Femke seine Schwester."

Er erhob sich und warf einen mitfühlenden Blick zu seiner Frau. Sie war blass und wirkte erschöpft.

„Ich möchte Euch nun bitten zu gehen, Hannah braucht Ruhe. WIR brauchen endlich mal Ruhe."

Kilian erhob sich sofort. Auch Knut und Nora hatten verstanden. Sie nickten dem Ehepaar zu und verließen ohne weitere Fragen das Haus. Kaum draußen zündete sich Nora eine Zigarette an und inhalierte tief.

„Also Leute, dieser Fall hat es echt in sich. Ich merke, dass mir das ein wenig an die Substanz geht."

Sie zog erneut und blies geräuschvoll den Rauch heraus. Knut stimmte ihr zu.

„Ja, was diese Familie durchmachen musste ist gedanklich kaum zu ertragen."

Kilian brachte seine Gedanken auf den Punkt.

„Wir müssen dringend noch einmal mit Matze Reiter reden. Vielleicht hat er ja doch mehr mitbekommen, als er eigentlich sollte."

Er hatte kaum den Satz beendet, da kam Matze mit einer Schubkarre voll Laub und Ästen aus dem Garten auf sie zu.

„Ach, schau hin, die Polizei beehrt uns auch schon wieder. Was kann ich denn dieses Mal für Euch tun?"

Er stellte die Schubkarre vor ihnen ab und wischte sich über die Stirn. Kilian ging in die Offensive.

„Herr Reiter, wir hätten da tatsächlich noch ein paar Fragen an Sie. Können wir irgendwo in Ruhe reden?"

Matze deutete auf den Anbau, der sich rechts neben dem Haus befand.

„Dann gehen wir am besten in meine Wohnung, einfach mir nach."

Noch bevor sie sich in Bewegung setzten klingelte Knuts Handy.

„Das ist Basti. Geht doch schon mal vor, ich komme gleich nach."

Sie gingen einmal quer über den Hof und eine Treppe nach oben, bevor Reiter die Tür zu seinem Wohnbereich aufschloss. Drinnen roch es sehr angenehm herb, wie nach einem guten Männerparfüm. Die Wohnung war auf den ersten Blick nicht groß, dafür sehr stylisch eingerichtet. Man sah auf den ersten Blick, dass hier ein Mann mit Geschmack wohnte. Nora pfiff anerkennend durch die Zähne.

„Sie haben es hier aber nett, sehr geschmackvoll, muss ich schon sagen."

Reiter holte drei Gläser, eine Glaskaraffe mit Whiskey und eine Flasche Wasser und stellte alles auf den schweren Holztisch im offenen Wohn-Essbereich. Der gesamte Raum war penibel aufgeräumt, hier schien alles seinen festen Platz zu haben. Ausserdem war es hier so sauber, dass man vom Boden hätte essen können. Kilian und Nora nahmen fast schon vorsichtig auf jeweils einen der vier dunkelbraunen Ledersesseln Platz, die rund um den Tisch standen. Matze winkte ab.

„Nicht der Rede wert, ich fühle mich einfach wohler, wenn alles ein wenig Struktur hat."

Nora stutzte kurz, sagte aber nichts. Kilian begann mit der Befragung.

„Herr Reiter, sie sind hier zusammen mit Femke aufgewachsen. Wie war ihr Verhältnis zueinander?"

Matze nahm einen großen Schluck Wasser, dann sah er Nora und Kilian an und lächelte. „Femke war immer wie eine große Schwester für mich. Sie hat auf mich aufgepasst, wenn mir irgendeiner mal blöd kam, hat mir was gekocht, wenn meine Mutter keine Zeit hatte und war immer für mich da. Ich weiß noch, dass ich es ganz schrecklich fand, als sie mit ihrem damaligen Freund und jetzigen Mann nach Niebüll gezogen ist. Das war fast, als hätte ich zum zweiten Mal eine Mutter verloren."

Sein Blick wurde seltsam.

„Unsere Mutter und sie telefonieren öfter miteinander und sie kommt hin und wieder mit ihrem Mann zu Besuch. Dann gehen wir spazieren, reden, oder kochen gemeinsam. Fast so ein bisschen wie früher."

Er wirkte mit einem Mal gedanklich abwesend und sehr verletzlich. Kilian raunte Nora zu: „Wo bleibt Knut eigentlich? So lange kann doch dieses Telefonat mit Basti gar nicht dauern."

Wie auf Kommando klopfte es an der Haustür. Matze Reiter erhob sich, öffnete Knut die Tür und führte ihn zu den anderen. Mit beinah unbeweglichem Gesichtsausdruck blieb er vor ihnen stehen.

Kilian fragte beinahe zögerlich:

„Ist irgendetwas passiert?"

Knut verzog kurz das Gesicht und wandte sich dann an Matze Reiter.

„Sag mal, seit wann arbeitest du denn eigentlich noch halbtags in der Metzgerei?"

Kilians Körper spannte sich an, er wirkte ein wenig wie eine Raubkatze kurz vorm Angriff auf ihre Beute.

Matze Reiter antwortete gelassen:

„Ich wusste nicht, dass das für euch wichtig sein könnte. Ich helfe hin und wieder beim Schlachten, schließlich habe ich früher mal Metzger gelernt. Ich habe nur meinen Beruf aufgegeben, um ganz hier auf dem Hof bei meinen Eltern sein zu können."

Knut setzte sich Nora gegenüber.

„Du hast also mal Metzger gelernt. Das heißt, du kannst durchaus mit einem Hackbeil umgehen, richtig?"

Matzes Blick verdunkelte sich, er fuhr sich kurz mit den Fingern durch die eh schon leicht verwuschelten, dunklen Haare.

„Klar kann ich das, warum fragen Sie?"

Kilian und Nora beschlossen, sich mal noch nicht in das Gespräch mit einzumischen, auch wenn sie sich beide denken konnten, auf was Knut hinauswollte.

Der machte unbeirrt weiter.

„Ich war nach dem Telefonat mit meinem Kollegen eben noch einmal kurz drüben bei deinen Eltern, weil ich glaube, du hast da etwas gehört, was dir besser nicht zu Ohren gekommen wäre, richtig?"

Matze kniff die Augen zusammen, seine Stimme klang nervös. Angestrengt lächelte er Knut an.

„Ich habe keine Ahnung, von was Sie da reden, Herr Hansen."

Knut sah Nora und Kilian an.

„Der Herr Reiter hat hier nämlich irgendwo seine Geburtsurkunde versteckt, die er Hannah Lorentzen aus dem Ordner genommen hat."

Nora riss die Augen auf, Kilian fiel die Kinnlade Richtung Fußzehen.

„Aber woher..."

Knut fiel ihm ins Wort.

„Woher ich das jetzt weiß, willst du wissen? Nachdem Basti mir das mit der

Metzgerei erzählt hat habe ich noch mal mit Hannah geredet und sie gebeten, mir einmal die Geburtsurkunde von Matze zu zeigen. Und siehe da, sie war nicht im Ordner. Deswegen gehe ich nun stark davon aus, dass du mein lieber Matze, ein Gespräch oder ein Telefonat zwischen Hannah und Femke belauscht hast und dich dann auf die Suche nach Beweisen gemacht hast, richtig?"

Matze Reiters Gesicht umwölkte sich, er reckte das Kinn nach vorne und richtete seinen Oberkörper auf. Seine Stimme wurde lauter.

„Na und? Ich habe ja wohl das Recht zu erfahren, wer meine wahre Mutter ist, oder?"

Knut nickte.

„Natürlich ist das dein gutes Recht. Allerdings ist es nicht dein Recht, deswegen eine alte Frau zu ermorden!"

Jetzt wurde Matze blass und er sackte in sich zusammen. Kilian hatte sich inzwischen so einiges zusammengereimt.

„Du meinst also, Herr Reiter hat herausgefunden, dass Femke Larsen seine leibliche Mutter ist und wollte ihr somit einen Gefallen tun, indem er Tilda Svensson umbringt?"

Nora nickte langsam und schnaubte kurz durch sie Nase.

„Natürlich, das wäre psychologisch gesehen ein durchaus nachvollziehbares und schlüssiges Verhalten. Femke hat ihn, solange sie hier lebte, immer beschützt und auf ihn aufgepasst. Und als er wusste, wer sie WIRKLICH ist und mitbekommen hat, wie sehr sie damals gequält wurde und was man ihr alles angetan hatte wollte er sich quasi für all das, was sie für ihn getan hat, „bedanken", in dem er DIE Frau umbringt, die einen großen Teil zur Leidensgeschichte seiner Mutter beigetragen hat. An Jörn Svensson konnte er sich ja nicht mehr rächen, dazu war es zu spät. Also musste Tilda Svensson dran glauben, richtig?"

Matze Reiter schrie auf wie ein verwundetes Tier. „Dieses elende Dreckstück hat es doch gar nicht anders verdient!"

Der Pfeil, den Nora gerade aufs Geratewohl abgeschossen hatte traf mitten ins Schwarze. Matze Reiter hatte den Kopf gesenkt und schluchzte leise vor sich hin. Knut, Kilian und Nora sahen sich fast schon ein wenig fassungslos an. Vor ihnen saß also der Mörder von Tilda Svensson, der Fall war somit gelöst. Jetzt mussten sie nur noch herausfinden, warum die alte Dame einen so grausamen Tod sterben musste.

„Also dann Matze, mal ganz von vorne und am besten der Reihe nach. Hier sitzen zwei alte Männer und ein Frischling am Tisch, und wir wollen ALLE verstehen, was dich zu dieser Tat getrieben hat."

Knuts kläglicher Versuch, witzig zu sein lief völlig ins Leere. Kilian warf ihm kopfschüttelnd einen leicht verzweifelten Blick hin, Nora funkelte ihn sogar böse an. Matze bekam von alledem nichts mit, er schien in sich versunken und zog nur hin und wieder hörbar die Nase nach oben. Die drei warteten ab. Jetzt ging es nur noch darum, ein verwertbares Geständnis zu bekommen, alles andere war gerade unwichtig.

Es dauerte einige Minuten, bis Matze sich daran zu erinnern schien, wegen was er gerade hier saß. Dann putzte er sich geräuschvoll die Nase, straffte seine

Schultern, nahm einen großen Schluck Whiskey und begann dann, zu erzählen.

„Ich habe mich immer so sehr gefreut, wenn Femke hier auf den Hof zu Besuch kam. Wir sind ja zusammen aufgewachsen, sie war für mich die tollste große Schwester, die man sich wünschen konnte und ich habe damals wie ein Tier darunter gelitten, als sie die Insel verlassen hat. Wir haben uns zwar danach oft und regelmäßig geschrieben, hatten immer sehr engen Kontakt, aber sie war eben nicht mehr da, um mit mir zu spielen, für mich Kakao zu kochen, meine aufgeschürften Knie zu versorgen oder sonntags nachmittags mit mir Filme zu schauen. All das fehlte mir und ich habe anfangs nie verstanden, warum sie unbedingt von hier wegwollte.

Ich weiß nicht, wie oft ich Hannah und Bente darum gebeten habe, sie mögen Femke doch auf die Insel zurückholen, aber sie haben immer unglaublich schnell abgeblockt und haben das Gespräch auf andere Themen gelenkt."

Knut holte schon Luft und rutschte auf seinem Stuhl hin und her, ihm dauerte das Ganze hier entschieden zu lange. Kilian bemerkte seine Unruhe und brachte ihn mit einem intensiven Blick zum Schweigen. Matze Reiter redete indessen weiter, fast schien er erleichtert zu sein, endlich offen reden zu können.

„Die Jahre vergingen, wir sahen uns hin und wieder, Femke war immer sehr daran interessiert, wie es mir ging und was ich so machte. Dann belauschte ich eines Tages ein Gespräch zwischen ihr und Mutter. Sie war gerade einmal wieder zu Besuch hier und die beiden saßen im Wohnzimmer, während ich aus dem Garten kam. Sie hatten mich nicht gehört, und ich wollte gerade zu ihnen, da hörte ich meinen Namen fallen. Femke sagte damals leise: „Mama, wir müssen es ihm endlich sagen, er ist doch wahrhaftig kein kleines Kind mehr."

Ich war zu dem Zeitpunkt 26 Jahre alt, hatte meine Metzgerlehre abgeschlossen, hin und wieder die ein oder andere Freundin, einen großen Freundeskreis, ein eigenes Auto, tolle Eltern und führte, meines Erachtens ein ziemlich gutes Leben. Ich hörte Hannah erwidern: „Nein Femke, das halte ich weiterhin für keine wirklich gute Idee. Guck doch mal, der Junge ist so ausgeglichen und wirkt so glücklich... mach ihm das doch nicht kaputt!" Ich linste ums Eck und sah, dass Femke leise weinte. Fast wäre ich hineingerannt und hätte gefragt, was hier los ist. Aber ich hatte gehofft, dass, wenn ich weiter lausche, ich noch erfahre, um was es eigentlich geht. Aber Hannah meinte nur noch energisch: „Ich will nicht, dass der Junge ins Unglück gestürzt wird. Es bleibt alles so, wie es ist! Und jetzt will ich nichts mehr davon hören."

Für Hannah war das Gespräch also beendet und sie verließ den Raum. Femke blieb weiterhin wie erstarrt auf der Couch sitzen. Ich beobachtete sie einige Minuten, dann machte ich geräuschvoll die Hintertür auf und wieder zu, als hätte ich gerade erst das Haus betreten. Sie wischte sich schnell über die Augen und stand dann auf. „He, na mein Großer. Schön dich zu sehen." Sie fiel mir um den Hals und ich weiß noch, dass wir lange so dagestanden haben und sie mich festgehalten hat. Ich fragte, ob alles ok sei und sie meinte nur: „Ja, alles ist in bester Ordnung."

Ab dem Tag wurden ihre Besuche seltenerer. Ich hatte viel zu tun, sie offenbar auch, also nahm ich es einfach so hin. Bis vor ungefähr einem Dreiviertel Jahr."

Er stand auf, um sich noch einmal Whiskey nachzuschenken. Knut trommelte leicht mit den Fingerspitzen auf der Tischkante. Matze setzte sich wieder und fuhr sich müde über die Augen. Kurz schien er den Faden völlig verloren zu haben, er stierte mit leerem Blick in sein Glas. Kilian versuchte, ihn wieder in die richtige Richtung zu bringen.

„Was genau war denn vor einem dreiviertel Jahr?"

Matze schreckte hoch, schüttelte sich leicht, nahm einen Schluck und erzählte dann weiter.

„Hannah und Bente haben bald goldene Hochzeit und wollten nochmal ihr Ehegelübde in der St. Laurentii erneuern. Dafür brauchten sie wohl ein paar

Unterlagen, keine Ahnung. Auf jeden Fall lag da der Ordner offen in der Küche. Hannah hält da penibel Ordnung, auf dem Ordner stand „Hochzeit und Geburtsurkunden."

Ich habe keine Ahnung, was mich in dem Moment geritten hat. Auf jeden Fall bin ich hin und habe mir die einzelnen Urkunden angesehen. Und dabei ist mir natürlich auch meine eigene Geburtsurkunde in die Hände gefallen."

Er stockte. Nora sah ihn mitfühlend an.

„Sie wussten also ab dem Moment, dass Ihre Mutter nicht, wie man Ihnen erzählt hat, bei der Geburt gestorben ist, sondern dass Ihre leibliche Mutter Femke Larsen ist, richtig? Wie ging es Ihnen damit?"

Matze nickte und drehte sein Glas in seiner Hand.

„Ich war wie gelähmt, konnte es minutenlang gar nicht begreifen. Dann wurde ich wütend, ich hatte einen schier unbändigen Zorn in mir. Wie konnten mich alle über die letzten Jahrzehnte hinweg so sehr belügen? Wieso hatte es niemand für nötig gehalten, mit mir zu reden? Ich rechnete kurz nach und stellte fest, dass meine Mutter bei meiner Geburt gerade einmal 14 Jahre alt gewesen war. Viel zu jung, um Mutter zu werden. Was war also passiert? Erst war ich wütend auf Hannah und Bente, danach auf Femke. Endlich wurde mir klar, warum sie mich immer so beschützt und umsorgt hat, oftmals weit über schwesterliche Liebe hinaus.

Ich überlegte, wie es nun weitergehen sollte. So, wie ich mich in dem Moment fühlte, wäre ich am liebsten zu Hannah gerannt und hätte ihr an den Kopf geworfen, dass ich Bescheid weiß. Dann hätte wahrscheinlich der Rest ungehindert seinen Lauf genommen. Aber Gott sei Dank hat mein Hirn noch rechtzeitig eingegriffen und ich habe anfangen, nachzudenken. Es musste doch sicherlich einen guten Grund gegeben haben, dass mir das bis zu dem Zeitpunkt verheimlicht worden war. Hannah und Bente brauchte ich nicht zu fragen, ich war mir sicher, so sehr sie mich auch liebten, dass ich von ihnen nichts erzählt bekommen würde. Femke mochte ich noch nicht ansprechen, davor hatte ich komischerweise ziemlich Angst.

Ich ging zurück in meine Wohnung und überlegte. Und dann fiel mir Jochen ein, Femkes Mann. Ich war mir ziemlich sicher, dass er bestimmt wusste, warum man mir verheimlichte, dass seine Frau meine leibliche Mutter ist. Er und ich hatten schon immer ein sehr kameradschaftliches Verhältnis, und ich hatte ziemliches Vertrauen zu ihm. Ich rief ihn also an und fragte, ob er nicht mal wieder Lust auf ein „Inseltreffen" hatte. Das machten wir ziemlich regelmäßig, er war des Öfteren hier, um uns bei der Ernte und der Hofarbeit zu unterstützen. Zwei Wochen später trafen wir uns hier bei mir in der Wohnung und ich fragte ihn klar und deutlich, ob er wüsste, warum man mir nicht gesagt hat, dass Femke meine Mutter sei. Er war zwar kurz ein wenig erschrocken, aber dann meinte er nur: „Wurde aber auch echt Zeit, dass du das weißt. Ich habe Hannah und Femke schon lange gesagt, dass sie dich in Kenntnis setzen sollten. Also, was willst du alles wissen?"

Ich war ehrlich gesagt ein wenig erstaunt, dass es offenbar noch mehr zu wissen gab und fragte ihn zunächst, warum man mir nichts gesagt hatte. „Es hatte nichts mit dir zu tun, glaube mir. Du weißt ja bestimmt, dass Femke ihre Kindheit in Heimen verbracht hat, bevor sie zu Hannah und Bente kam. Und im letzten Heim wurde sie fürchterlich misshandelt und gequält und... der Mann, der mit seiner Frau zusammen das Heim geführt hat, hat sie sogar mehrmals vergewaltigt. Das letzte Mal, als sie schon einige Zeit hier im Haus gelebt hat. Und daraus bist dann du entstanden. Den Nachnamen Reiter hat man dir gegeben, weil es der Geburtsname von Femke war."

Ich kann mich noch erinnern, dass ich in dem Moment völlig erstarrt war und mir sämtliche Worte fehlten. Dann wuchs in mir Hass, ein blanker, unbändiger Hass. Ich fragte ihn, ob er wüsste, wie die beiden geheißen hatten, bei denen meine Mutter offenbar die schlimmsten Jahre ihres Lebens verbringen musste. „Tilda und Jörn Svensson." Diese

Namen brannten sich augenblicklich in mein Hirn. Er erzählte noch, wie sehr Femke seitdem litt, wie viele Therapien sie inzwischen hinter sich hatte, dass sie die meisten Tage nur wegen der vielen Antidepressive und Psychopharmaka überstand, die sie seitdem zu sich nahm und dass ihr Leben geprägt war von Angst und Misstrauen. Mir wurde so vieles klar in dem Moment und ich hätte am liebsten einmal ganz laut geschrieen und sie in den Arm genommen. Aber sie sollte erstmal nicht wissen, dass ich es weiß.

Dafür reifte an diesem Abend ein Plan in mir. Diese beiden Ausgeburten der Hölle sollten dafür büßen, was sie meiner Mutter angetan hatten. Ich wollte mich für sie an ihnen rächen, sie sollten ihres Lebens nicht mehr froh werden. So wie meine Mutter... Ich recherchierte und fragte nach und fand heraus, dass Jörn Svensson nicht mehr lebte. Fast bedauerte ich diesen Umstand ein wenig. Ich hätte ihn gerne selbst an irgendeinen Baum gehängt. Also musste seine Frau dran glauben, so viel stand fest. Ich überlegte sehr gründlich und kam dann auf die Idee mit der Zerstückelung. Immerhin wusste ich ja, wie man etwas zerlegt."

Nora räusperte sich kurz, aber Matze fuhr unbeirrt fort.

„Hannah hat mir mal erzählt, dass ich Matze heiße wegen dem „Glücklichen Matthias". Sie wären nämlich damals auch sehr glücklich gewesen, als ich in ihre Familie gekommen wäre."

Er lachte kurz höhnisch auf.

„Also dachte ich mir, ich könnte so eine Art Spiel daraus machen. Als ich dann auch noch herausgefunden hatte, dass die Alte irgendwie mit dem Walfänger verwandt gewesen war war mein Plan perfekt. Ich wusste, dass ich in Süderende anfangen musste. Das Problem war nur: Wie kam ich ungehindert an die Schlüssel von der Kirche? Und da kam Svea ins Spiel. Die war sowieso schon eine ganze Weile hinter mir her, aber eigentlich war sie mir zu jung und auch zu unscheinbar."

Sein Gesichtsausdruck wurde leicht überheblich.

„Aber ich brauchte sie für meine Zwecke, deshalb kam ich mit ihr zusammen. Was bin ich so froh, dass diese Beziehung nun endlich beenden kann."

Fast schon erleichtert lachte er kurz auf.

„Ich habe mir also am letzten Donnerstag, als Inga auf dem Festland war und Svea gearbeitet hat den Schlüssel für die Kirche genommen, mir dort den Schlüssel für die Empore aus dem Kasten geholt, den Finger verstaut, alles wieder abgeschlossen, die Hände beim Grab verbuddelt und den Hauptschlüssel wieder zurück ins Haus gehängt."

Er konnte seinen Stolz kaum verbergen. Knut hakte ein.

„Wann genau hast du Tilda Svensson denn umgebracht?"

Matze sah ihn an.

„Ich bin am Donnerstag morgen zu ihr hin, es war noch recht früh, so gegen acht meine ich. Sie war schon komplett angezogen und fragte mich ziemlich mürrisch, was ich von ihr wolle. Sie wollte mich auch eigentlich gar nicht ins Haus lassen, erst als ich ihr sagte, dass ich der Sohn von Femke Larsen sei, hat sie mich in die Küche gebeten. Ich weiß noch, dass es dort abartig gestunken hat, nach so einem richtig billigen Parfüm. Sie schnarrte mich an, ob ich jetzt etwa vorhätte, sie zu erpressen. Das könnte ich mir gleich in die Haare schmieren, immerhin wäre sie Witwe und bei ihr sei nichts mehr zu holen.

Außerdem wäre Femke ja wohl schuld an allem, wäre sie nicht gewesen würde ihr Mann heute noch leben. In dem Moment bin ich völlig ausgerastet. Ich habe ihr mit dem Griff des Beiles, das ich dabeihatte auf den Kopf geschlagen. Ich könnte schwören, sie war sofort tot. Auf jeden Fall hat sie sich nicht mehr gerührt. Ich habe sie in eine Decke gewickelt und zu meinem Auto getragen. Die war ja nicht schwer, war ja nur so ne verhutzelte kleine, dürre Alte. Dort habe ich sie auf die Rücksitzbank gelegt und bin mit ihr in meine Wohnung gefahren. Ich habe sie im Bad zerlegt und dann überlegt, wo ich die Teile verstecke. Und da kam mir die Idee mit der „Schnitzeljagd"."

Er rieb sich die Hände und schien sich noch im Nachhinein diebisch über diesen Einfall zu freuen. Kilians Blick schweifte durch die Wohnung.

„Aber im Endeffekt haben Sie damit riskiert, dass man Ihnen auf die Schliche kommt. War Ihnen das bewusst?"

Matze sah hoch zur Decke und leerte dann sein Glas.

„Natürlich war mir das bewusst. Ich wollte, dass Femke weiß, dass ich das nur für sie getan habe. Vielleicht kann sie so nun endlich ein wenig zur Ruhe kommen und anfangen, zu leben."

Er sagte das mit so viel Wärme und Liebe in der Stimme, dass Knut kurz die Augen schloss und an Anita dachte. Nora legte den Kopf schief, Kilian erhob sich und trat einen Schritt auf ihn zu.

„Herr Reiter, ich muss sie verhaften, wegen dem Mord an Tilda Svensson. Ich bitte Sie nun, widerstandslos mitzukommen."

Matze erhob sich und streckte die Hände nach vorne. Knut schüttelte den Kopf.

„Ich denke, auf Handschellen können wir verzichten."

Sie führten Matze Reiter zum Auto. Am Hafen wurde er der Wasserschutzpolizei übergeben, die ihn aufs Festland brachte. Mit Hannah und Bente Lorentzen würden sie später reden. Als Matze über die Nordsee auf dem Weg zum Haftrichter war atmeten alle ein wenig auf. Auch wenn sie sich weniger über ihren Ermittlungserfolg freuen konnten, als sie eigentlich erwartet hatten.

Sie saßen zusammen auf der Wache und ließen die letzten Tage noch einmal Revue passieren. Nora hatte sich einen Tee gemacht, der Rest hatte Kaffeetassen vor sich.

„Irgendwie tut mir dieser Reiter leid. Er hatte wohl das Gefühl, er könne mit seiner Tat die Vergangenheit ändern und das Erlebte irgendwie ungeschehen machen. Für ihn war der Mord also eine Art Heldentat, begangen für seine Mutter."

Knut nickte.

„Das Schlimme ist, dass ich ihn ein Stück weit sogar verstehen kann. Die Liebe zu einem Menschen lässt einen Dinge machen, die man im Nachhinein entweder bereut oder es für die beste Entscheidung seines Lebens hält."

Kilian sah ihn schmunzelnd an. „Und? Was ist es bei dir?"

Knut kniff die Augen zusammen.

„Wenn`s weiterhin so gut läuft dann war das die beste Entscheidung meines Lebens." Nora blinzelte zu ihm herüber.

„Stimmt, da war ja noch was. Wann ist es eigentlich soweit?"

Knut sah auf die kleine Datumsanzeige auf seiner Uhr.

„Genau morgen in sechs Wochen. Ich befürchte stark, bis dahin ist Anita an Rande des Wahnsinns und schleift mich ungehindert mit. Eigentlich bin ich ja froh, wenn dieser Tag vorbei ist und endlich wieder Ruhe einkehrt."

Kilian lachte. „Anita wird dich schon planmäßig in den Hafen der Ehe ziehen. Da hast du eine Kapitänin an deiner Seite, die dich mit Sicherheit durch jeden noch so aufziehenden Sturm schippert."

Knut verdrehte ein wenig wehmütig die Augen. Bis vor zwei Jahren hätte ihm keiner zu sagen brauchen, dass er irgendwann noch einmal heiraten würde. Und schon gar nicht Anita. Aber manchmal ging das Schicksal nun mal seltsame Wege und nun war er seit mehreren Monaten ein ziemlich glücklicher Mann. Und jetzt, da der Fall geklärt war konnten sie sich ganz in Ruhe auf ihren „großen Tag" vorbereiten. Er beschloss, Anita nachher auf dem Heimweg einen Blumenstrauß mitzubringen. Kilian reckte und streckte sich.

„So Leute, und jetzt ist hier für heute Feierabend. Wir gehen jetzt alle zusammen was leckeres essen und danach ins „Pitschis". Knut, du sagst Anita Bescheid, sie soll mitkommen. Ich werde jetzt mal noch in aller

Ruhe mit Ulrike telefonieren und dann treffen wir uns in einer Stunde im „Alt Wyk", einverstanden?"

Er sah in die Runde. Nora, Basti, Anja, Claas und Knut nickten zustimmend. Als sie später alle im „Pitschis" saßen und auf den geklärten Fall anstießen wünschte sich Knut insgeheim, dass sein Leben genauso bleiben möge, wie es in diesem Moment war.

Kapitel 15 – Sie hat „JA" gesagt

Knut fummelte ärgerlich an seinem Hemd herum.

„Kann mir vielleicht mal jemand helfen, ich kriege diesen vermaledeiten Knopf nicht zu!"

Kilian sprang ihm hilfreich zur Seite. Er schloss den obersten Knopf, der so nah am Hals lag, dass sich Knut für einen Moment ein bisschen Sorgen um seine Atmung machte. Bevor er sich zum Spiegel herumdrehte, sah er zu Kilian hinüber, der gerade auf der Suche nach Knuts silbergrau-gestreifter Krawatte war. Der hatte sich ganz schön in Schale geschmissen, trug einen dunkelblauen Anzug mit einer farblich abgestimmten Krawatte und braunen Wildleder-Schuhen. Er kam mit Knuts Krawatte in der Hand zurück und half ihm beim Binden.

„Und mein Freund? Bist du schon aufgeregt?"

Knut schüttelte den Kopf.

„Ach was, warum denn? Wir gehen da jetzt hin, sagen beide im besten Fall ja und dann wird ordentlich gefeiert."

In Wahrheit ging ihm der Arsch allerdings gehörig auf Grundeis. Das heute war ein richtig großer Schritt für ihn, von dem er eigentlich gedacht hatte, dass er ihn nie wieder gehen würde. Bis er auf Anita getroffen war, die sich im Laufe ihrer

Beziehung so sehr verändert hatte, dass sie Stück für Stück und immer mehr zu seiner Traumfrau wurde. Das sie in nicht einmal zwei Stunden seine Frau sein würde konnte er gerade gar nicht so richtig glauben.

„Weißt du denn schon, was Anita tragen wird?"

Knut sinnierte.

„Also ich kann mir vorstellen, dass es so ´ne Mischung wird zwischen schrill und sexy, so wie sie halt ist. Wobei ich sie ja wirklich gerne mal in einem schönen, eleganten Kleid sehen würde."

Dann grinste er.

„Aber am allerliebsten mag ich sie ja sowieso ganz ohne."

Kilian winkte ab.

„Ok, Schluss, das ist mir erheblich zu viel Kopfkino am frühen Morgen. Auf jetzt Herr Hansen, sonst verpasst du noch deine eigene Hochzeit."

Knut zog sich ächzend die neuen schwarzen Lackschuhe an und betrachtete sich dann im Spiegel. Ja, so konnte man durchaus noch einmal heiraten. Er wollte heute unbedingt einen guten Eindruck machen. Immerhin waren auch seine Exfrau Karin und ihr neuer Mann Florian sowie einige Kolleginnen und Kollegen eingeladen. Unter anderem natürlich sein Assistent Claas Brockmeyer, Anja, Basti, den Gerichtsmedizi-ner Hinnerk „Plüsch" Petersen, die Leiterin der Spurensicherung Rita Kummert, X- und

Y-Bob vom Café „die Insel". Und natürlich Kilians Freundin Ulrike sowie Kilians Assistentin Nora Finke.

Jetzt, wo er so geschniegelt vor dem bodentiefen Spiegel im Schlafzimmer von Kilians und Ulrikes Ferienwohnung stand war ihm dann doch ein wenig mulmig zumute. Wobei sich ja genau genommen nicht allzu viel ändern würde. Außer das Anita in zwei Stunden seinen Nachnamen tragen würde und sie sich ab dem Moment als „Mann und Frau" betiteln konnten.

Das hatte er heute morgen auch Kilian so gesagt, der daraufhin ziemlich lakonisch gemeint hatte: „Was wart ihr denn vorher? Fisch und Fahrrad?" Und hatte sich daraufhin kaum wieder beruhigen können.

Anita war mit Ulrike und Hedwig in Knuts Haus und bereitete sich dort auf die Trauung vor. Er konnte es kaum abwarten, sie zu sehen. Anita hatte ein ganz großes Geheimnis um ihr Hochzeitsoutfit gemacht und insgeheim fürchtete er das Schlimmste. Sie hatte hin und wieder einen Kleidergeschmack, der jeglicher Beschreibung trotzte. Aber er würde sie darin niemals bevormunden oder davon abbringen wollen, sie hatte halt einen ganz eigenen, sehr extravaganten Stil. Und es war ihr ziemlich egal, was Andere von ihr dachten.

Eigentlich bewunderte er sie fast schon ein wenig, weil sie in sich und im Äußeren so gefestigt und stabil war. Nichtsdestotrotz war er jetzt im Augenblick sehr nervös. Kilian, der gerade zurück in den Raum kam bemerkte das.

„Na Kumpel, jetzt wird's bald ernst. Bist du bereit für den nächsten großen Schritt in deinem Leben? Komm mal mit raus, ich hab da was für dich."

Knut folgte ihm die Küche und sah zwei gefüllte Gläser stehen. Kilian reichte ihm eins und stieß mit ihm an. Knut roch ein wenig misstrauisch daran.

„Was ist das?"

Kilian strahlte. „Das ist „Föhrer Manhattan". Euer Rewe hier hat das fertig gemixt in Flaschen und ich dachte mir, das ist genau das Richtige, um an dem heutigen Tag mit dir anzustoßen. Sünjhaid!"

Mit dem Fehringer Wort für „Prost!" verblüffte er zunächst Knut ganz schön, dann hob sein Glas und ließ es an Knuts klingen. Der nahm einen vorsichtigen Schluck.

„Gar nicht mal so schlecht. Aber wir sollten im Laufe des Tages unbedingt mal eins bis fünf „Echte" trinken, glaube ich."

Dann straffte er die Schultern unter den Schulterpolstern seines Jacketts.

„Also dann Herr Brandner, bringen wir mich mal unter die Haube!"

Ein paar Straßen weiter legten Hedwig und Ulrike gerade unter Anitas strengen Blicken letzte Hand an das Hochzeitsgewand.

„Das muss da noch ein wenig runter und hier noch ein bisschen fester. Und jetzt steck das noch fest, bitte."

Hermine folgte ausnahmsweise völlig widerspruchslos Anitas Anweisungen, aber auch nur deshalb, weil sie sich Stecknadeln zwischen die Lippen geklemmt hatte und mehr als „mhhh" gerade nicht herauskam. Ulrike war einen Schritt zurückgetreten und betrachtete ihre Freundin.

„Gott, Anita, du siehst so unglaublich schön aus. Wenn ich irgendwann einmal heiraten sollte dann will ich das genauso."

Sie verdrückte ein kleines Tränchen, dann sah sie auf ihre Armbanduhr.

„Wir sollten uns auch mal so ganz langsam auf den Weg machen, sonst denkt dein Bräutigam noch, du hättest kalte Füße bekommen."

Sie zwinkerte. Dann nahm sie die Sektflasche, die sie vorhin geöffnet hatte, schenkte drei Gläser voll und reichte sie Hedwig und Anita.

„Auf die wunderschöne Braut und eine strahlende Zukunft."

Anita hatte feuerrote Wangen und ihr Herz klopfte bis zum Hals. Sie sah sich um. Schon seltsam, wo einen das Leben manchmal so hintrieb, dachte sie bei sich. Noch vor einem Jahr hätte sie sich niemals träumen lassen, dass sie irgendwann einmal vor dem Altar stehen würde, schon gar nicht mit Knut. Jetzt stand sie hier mit ihren zwei besten Freundinnen, hatte ihr Hochzeitsgewand an und hätte glücklicher und stolzer nicht sein können. Hedwig leerte ihr Glas in einem einzigen Zug.

„Ich bin mal so arg gespannt, was Knut zu deiner Kleiderwahl sagen wird. Er weiß wirklich von gar nichts?"

Anita schüttelte den Kopf.

„Nein, er hat wohl dezent Angst, dass ich ihn bis auf die Knochen blamieren könnte."

Sie lachte schallend, Ulrike und Hedwig fielen mit ein. Dann machten sie sich gemeinsam in Anitas mit Blumen geschmückten Mini auf den Weg nach Süderende, wo Knut sie hoffentlich schon erwartete. Tatsächlich stand Knut mit Kilian bereits vorm Eingang der St. Laurentii Kirche. Er trippelte von einem Bein auf das andere und summte „Oh When the Saints go marching in".

Kilian beobachtete ihn amüsiert. Er hatte seinen Freund und Kollegen selten so angespannt und aufgeregt erlebt. Auch wenn dieser das sehr gut zu verstecken versuchte. Endlich fuhr vorne an der Kirchenmauer ein ihm bekanntes Auto vor. Ulrike saß am Steuer, hupte und winkte. Die Gäste, die zusammen vor der Kirche mit Knut und Kilian auf die Braut gewartet hatten reckten gespannt und neugierig ihre Hälse. Jeder wollte der Erste sein, der sich still und heimlich über ihre Kleiderauswahl lustig machen konnte. Ulrike, die nun aus dem Auto ausgestiegen war, sah auf jeden Fall schon mal fantastisch aus. Sie trug ein dunkelblaues, knielanges Kleid aus glänzendem Stoff, über dass sie eine gleichfarbige, mit Spitzen durchbrochene Weste trug. Ihre blonden Haare, die sonst meistens zu einem Pferdeschwanz zusammengebunden waren trug sie heute offen, lediglich die linke Seite war nach hinten weggesteckt. Der Rest fiel in weichen Wellen über ihre Schultern. Kilian pfiff leise durch die Zähne und Knut meinte:

„Sieht aber mal richtig schick aus, deine Freundin, das muss jetzt mal gesagt werden."

Ganz tief in ihm drin wurde ihm immer schlechter. Dann stieg Hedwig aus. Sie hatte sich für einen Hosenanzug in Rot entschieden, der ihr verblüffend gut stand. Die braunen Haare waren hochgesteckt und sie trug ungewöhnlich hohe Schuhe. Und dann war es endlich soweit. Knut hätte sich am liebsten die Augen zugehalten, in ihm wuchs ein wenig die Angst. Anita hievte sich von der Rückbank aus dem Auto und blieb einen Moment stehen, um durchzuatmen. Basti, Anja und Claas, die zusammen in der Nähe des Eingangstores standen waren die Ersten, die sie erspäht hatten. Allen drei entfuhr ein verblüfftes „Wow!", „So toll" oder auch „Oh mein Gott".

Knut drehte sich zur Eingangstür um.

„Ich will´s gar nicht wissen, glaube ich. Wenn Anja schon „Oh mein Gott" sagt."

Er schlug die Hände vors Gesicht. Als Anita das Kirchengelände betrat wurde es mucksmäuschenstill. Alle anwesenden Gäste trauten ihren Augen kaum, Nora konnte sich ein „Der Wahnsinn" nicht verkneifen. Als Anita nahe genug bei Knut und Kilian angekommen war sagte der zu ihm:

„Du solltest dich mal herumdrehen. Es lohnt sich auf jeden Fall, das kann ich dir versprechen."

Knut drehte sich ganz langsam mit geschlossenen Augen herum und holte tief Luft. Dann öffnete er die Augen und erstarrte in seiner Bewegung. Er konnte im ersten Moment nicht glauben, was er sah.

„Unsere Föhrer Tracht" hauchte er ergriffen.

Anita hatte rosafarbene Wangen und strahlte vor Glück. Knut war immer noch völlig fassungslos. Er hatte einen Kloss im Hals und musste sich schwer zusammenreißen, nicht hier vor allen anderen hemmungslos loszuheulen. Sie sah so unfassbar schön und stolz aus, dass es ihm fast den Atem verschlug.

Der knöchellange schwarze Rock mit der weißen Batist-Schürze saß wie angegossen, das Mieder betonte ihre füllige Oberweite, das Halstuch war perfekt gesteckt und das Kopftuch mit der Haube darunter verlieh ihr ein fast schon aristokratisches Aussehen. Der filigrane Silberschmuck vervollständigte das zauberhafte Bild. Knut suchte immer noch nach den passenden Worten, während die Umstehenden spontan applaudierten. Endlich ging ein Ruck durch Knut.

Er lief zwei Schritte auf Anita zu, riss sie fast schon an sich und stammelte:

„Du siehst traumhaft aus. Danke, dass du da bist. Ich liebe dich, mein Engel."

Anita, die von Knuts plötzlicher Rührseligkeit völlig überfordert war machte sich sanft los und hielt ihn auf Armeslänge auf Abstand, um ihn genauer anzusehen. Der graue Anzug mit dem blütenweißen Hemd stand ihm ziemlich gut. Er hatte seinen Bart getrimmt und seine Haare nach hinten gestriegelt.

Sie schnurrte ihm leise ins Ohr:

„Das kann ich nur zurückgeben. Du siehst regelrecht sexy aus. Da freue ich mich doch jetzt schon auf unsere Hochzeitsnacht."

Knut wurde schlagartig rot und hoffte, dass das gerade keiner der Umstehenden gehört hatte. Dann grinste er ein wenig verschämt und gab ihr einen Klaps auf den Hintern.

„Auf geht's Frau Peters, volle Fahrt voraus in den Hafen der Ehe. Oder hast du gerade etwas Besseres vor?"

Schelmisch sah er sie von der Seite an.

„Na da hast du aber jetzt Glück, die nächste halbe Stunde hätte ich gerade noch Zeit."

Er nahm sie lachend bei der Hand und zog sie ins Innere der Kirche, gefolgt von der Hochzeitsgesellschaft und begleitet von Gunnar Lüttersen, der an der Kirchenorgel „Gul Ruad Blä" intonierte.

„Rot sind die Blumen zur Sommerzeit, rot sind auch viele Blüten, und rot sind auch die Wangen von meiner lieben Braut, das sind sie vor Liebe und Glück. Blau ist das Wasser rundum Föhr, blau ist die Luft über uns, und blau sind die Augen, dafür lebe ich, bald hole ich das Mädchen nach Hause."

Knut hatte sich das Lied gewünscht, fast jeder der Gäste kannte die Fehringer Version und sang mit, während Knut und Anita gemeinsam Hand in Hand in ein neues Leben schritten.

Als sie später gemeinsam bei Jasmin „Am Flugplatz" zu Mittag aßen wirkten Knut und Anita sehr gelöst und glücklich. Sie hatten ein wunderbares Menü zusammengestellt und jeder an der gedeckten Tafel kaute zufrieden. Knut warf immer wieder einen sehr zufriedenen Seitenblick auf seine ihm nun Angetraute und fühlte sich ziemlich stolz. Er hatte nach der Trauung noch ein kleines Gespräch mit seiner Exfrau Karin geführt, die ihm von ganzem Herzen gratuliert hatte.

Die größte Überraschung des Tages war allerdings die Tatsache, dass die Leiterin der Spurensicherung, Rita Kummert nicht allein zur Hochzeit erschienen war. Sie war in Begleitung eines Mannes, der sie augenscheinlich zu vergöttern schien. Er hing an ihren Lippen und Knut war höchst erstaunt darüber, wie sich in seiner Anwesenheit benahm. Sie giggelte wie eine 12jährige beim Flaschendrehen, hatte rote Backen, glänzende Augen und wirkte insgesamt schwer verliebt. Nur ihr Outfit grenzte für ihn an optische Reizüberflutung. Sie trug ein orangefarbenes Kleid, über das sie eine geblümte Stola geworfen hatte. Die Farbe des Sesselschoner-ähnlichen Überwurfes biss sich sehr mit der Farbe ihrer offenbar selbst gefärbten Haare. Die hatten jetzt einen leicht ockerfarbenen Ton, der sich ein wenig ungünstig mit dem restlichen Mausgrau vermischte. Dafür waren die Locken, die sie sich dieses Mal wieder eingedreht hatte noch ein wenig kleiner als am Erntedank-Sonntag und Knut hatte das dringende Bedürfnis, sie zu streicheln, weil sie ein bisschen aussah wie der Pudel, den seine Oma früher mal gehabt hatte. Beim Augen-Makeup hatte sie es einmal mehr maßlos übertrieben, man hatte den Drang, den Tierschutz anzurufen, weil ihr Gesicht eher dem eines misshandelten Papageis glich.

Dafür sah der Mann an ihrer Seite erstaunlich normal aus. Knut hatte sich nicht getraut, Rita explizit auf ihre Begleitung anzusprechen und kam mit Anita überein, dass sie sich nun einfach für die beiden freuen würden. Außerdem waren sie selbst so sehr mit sich beschäftigt, dass es Knut eigentlich egal sein konnte. Er sah in die Runde. Neben ihm saßen Kilian und Ulrike, die sich angeregt über den nun gelösten Fall unterhielten. Neben Ulrike saß Hedwig, die sich Pfarrer Carstens geschnappt hatte, um ihn nun von der Notwendigkeit einer Kirchen-App zu überzeugen. Außerdem war es offensichtlich, dass sie versuchte, dem getreuen Kirchenmann schöne Augen zu machen.

Ihnen gegenüber saßen Anja und Claas, was Knut mindestens genauso verblüffte wie die Tatsache, dass sie sich auch noch bestens zu verstanden schienen und man immer wieder ein fröhliches Lachen von einem der beiden hörte. Nebendran saß Basti Schäffer, der sich mit Gunnar Lüttersen und seiner Frau Marga unterhielt. Auf der anderen Seite des Tisches saßen Karin und Florian und ließen sich von Nora Finke in die hohe Kunst des Serviettenfaltens einweisen. Ganz unten am Tisch saß Hinnerk „Plüsch" Petersen, der dem ganzen Treiben um ihn herum amüsiert zusah. Er war alleine gekommen, eigentlich waren Festivitäten dieser Art überhaupt nicht so sein Ding. Aber er schätzte Knut als Kollegen und Mensch sehr, auch wenn sie immer nur dann miteinander zu tun hatten, wenn irgendwo auf der Insel ein Mensch durch Fremdeinwirkung zu Tode gekommen war. Und das war nun hier auf Föhr Gott sei Dank erst zum zweiten Mal der Fall gewesen.

An seiner linken Seite saß noch X-Bob, sein Kollege Y-Bob war bereits zurück ins Café „die Insel" gegangen, um alles vorzubereiten, wenn die Hochzeitsgesellschaft später dort aufschlagen würde, um sich mit Torte und Tee den Tag zu versüßen. Außer der eigentlichen Trauung war das der Tagespunkt, auf den sich Knut am meisten freute. Er lehnte sich zurück und legte seinen Arm um Anitas Schultern. Sie drehte ihren Kopf zu ihm herum.

„Na Frau Hansen, wie geht es dir?"

Es war das erste Mal, dass Knut Anita mit ihrem neuen Nachnamen ansprach. Und er fühlte sich damit ausgesprochen wohl, musste er feststellen. Anita strahlte unter ihrer perlenbesetzten Haube.

„Ich fühle mich großartig, alle diese wundervollen Menschen, du und ich... ich glaube, ich war noch nie so glücklich!"

Prompt traten ihr schon wieder Tränen in die Augen, die sie schnell versuchte, wegzuwischen.

„Na na na mein Engel, deswegen musst du doch nicht gleich weinen. Ich hoffe, wir können uns diesen schönen Tag in Erinnerung rufen, wenn vielleicht mal Gewitterwolken aufziehen und es auch mal wieder gehörig kracht."

Er knuffte sie in die Seite. Schließlich und endlich wusste er um ihr Temperament und um seine eigene Sturheit. Auch wenn es die letzten Monate zugegebenermaßen sehr harmonisch zwischen ihnen zugegangen war. Er blickte wieder in die Runde. Alle schienen vorerst satt und zufrieden zu sein. Also erhob er sich und schlug mit einem kleinen Löffel gegen sein Bierglas. Sofort verstummten die regen Unterhaltungen um ihn herum.

„Freunde, nachdem wir hier nun alle so schön gesättigt beieinander sitzen möchte ich noch eins, zwei Worte zum weiteren Ablauf loswerden. Wir werden nun gleich geschlossen auf den großen Parkplatz fahren. Von dort aus laufen wir über die Mittelstraße runter an den Sandwall, machen vorne an der Mittelbrücke noch ein paar Bilder und begeben uns dann ins Café zu X-Bob. Danach seid ihr alle recht herzlich eingeladen, mit uns über die Promenade zu uns nach Hause zu laufen, wo wir, nach einem kleinen Abstecher ins „Pitschis" den Rest des Abends gemütlich bei ein paar „Manhattan" ausklingen lassen werden."

Er nickte kurz und setzte sich dann wieder. Die Umsitzenden klopften zustimmend mit den Fingerknöcheln auf den Tisch. Anita schob ein wenig enttäuscht die Unterlippe nach vorne.

„Und ich habe gedacht, du hältst jetzt eine schöne romantische Rede oder sowas."

Knut lachte.

„Natürlich, wo du doch genau wissen müsstest, dass es mich davor graut, wenn ich vor anderen etwas sagen soll."

Dann beugte er sich vor und flüsterte ihr ins Ohr: „Ich werde dir heute Nacht zeigen, wie romantisch ich sein kann."

Anita kniff kurz die Augen zusammen, dann zog sie eine Grimasse.

„Wenn die Anzahl der „Manhattan" das dann noch zulässt."

Knut zwinkerte, dann ging er vor zu Jasmin an die Theke, um die Rechnung zu begleichen. Die Gruppe verließ das Café und Restaurant „Am Flugplatz" und machte sich auf den Weg in das Zentrum ihrer wunderschönen Insel.

Sie erregten einiges an Aufsehen, als sie alle elegant gekleidet durch die Mittelstraße flanierten. Anita zog in ihrer Tracht alle Blicke auf sich und genoss sichtlich das kleine Bad in der Menge. Sie liefen vor zur Mittelbrücke, hinaus auf die hölzernen Planken, vor bis zu dem eisernen Geländer, dass die Passanten von der Nordsee trennte. Dort erwartete sie bereits der Fotograf Christian Thomas, der ihren Hochzeitstag in den schönsten Bildern verewigen würde. Anita freute sich sehr, dass sie somit ganz professionell einige bleibende Erinnerung an diesen Tag hatte, immerhin war ihre Befürchtung groß gewesen, dass Knut einfach nur ein paar einfache Bilder mit seinem alten Handy machen wollte. Nun nahmen sie unter Christians Anweisungen die romantischsten Posen ein, und Anita musste amüsiert feststellen, dass das Knut überhaupt nicht schwer zu fallen schien. Ihr rauer Inselpolizist hatte also auch seine weichen und sehr liebevollen Seiten. Aber das war ihr ja auch durchaus bewusst, deswegen hatte sie ja schließlich heute aus vollem Herzen „Ja" gesagt.

Es gab noch einige Gruppenfotos, danach pilgerte die Hochzeitsgesellschaft über den Steg zurück zum Café „die Insel", wo X-Bob bereits mit Friesentorte und Tee auf sie wartete. Nach dem süßen Zwischenstopp ging es mit der versammelten Mannschaft weiter über den Sandwall und die Strandpromenade bis hin zur Strandbar „Pitschis" am Südstrand. Nach ein paar Bierchen und dem ein oder anderen Manhattan wanderte die Gesellschaft fröhlich lachend und singend weiter bis hin zu Knuts Haus in der Nähe des Flugplatzes. Knut und Anita hatten schon den Tag zuvor überall im Garten Lampions und Lichterketten aufgehängt. Das warme Licht der Lampen strahlte in die anbrechende Dämmerung.

Anita hatte mit Hilfe von Hedwig und Ulrike morgens noch Käsespieße, kleine Frikadellen, Kartoffelsalat und Blätterteigstangen vorbereitet. Und so verteilten sich die Gäste im liebevoll geschmückten Garten, unterhielten sich angeregt und ließen den wunderschönen Tag Revue passieren. Überall hörte man fröhliches Lachen, die Stimmung war ausgelassen und „Manhattan"-lastig und in schöner Regelmäßigkeit rief irgendeiner „Sünjhaid!" Knut hatte Musik aus den 60ern und 70ern Jahren aufgelegt und die völlig überraschte Anita zum Tanzen aufgefordert. Kilian und Ulrike waren seinem Beispiel gefolgt, ebenso Knuts Exfrau Karin und ihr Mann Tobias.

Selbst Spusifrau Rita drehte ungelenk mit ihrem etwas steifen Freund ihre Runden.

Als es dunkel und die Gespräche lauter und übermütiger wurden entfernten sich Knut und Anita klammheimlich und liefen Hand in Hand über die Felsen hinunter über den Strand, vor bis zur Wassergrenze des Meeres. Sie zogen Strümpfe und Schuhe aus und Anita raffte ihren Rock und die weiße Schürze soweit nach oben, dass sie gefahrlos mit den Füßen ins Wasser konnte. Knuts Anzughosen waren bis zu den Knien hochgekrempelt und als sie dann so, für einen Moment schweigend, nebeneinander in der kalten Nordsee standen wussten sie, dass sie nichts und niemand auf dieser Welt mehr würde trennen können. Und vielleicht machten jetzt ja auch endlich mal die Verbrecher eine Pause und ließen den Polizeichef der Insel Föhr, Knut Hansen einfach mal in Ruhe. Aber eben nur vielleicht ...

Haus „Redlefsen", hier Knuts „Zuhause"

Ende

DANKE ...

An X -und Y Bob vom Café „die Insel", die mich während meines letzten Inselaufenthaltes wieder so wunderbar mit meiner Lieblingstorte und Tee versorgt haben, und ohne die so manche Anekdote erst gar nicht möglich gewesen wäre. An Jasmin vom Café und Restaurant „Am Flugplatz", die uns bekocht und mich mit reichlich Informationsmaterial versorgt hat. An Kiki von der „Wyker Buchhandlung" und ihr Team, die immer auf großartige Art und Weise dafür sorgen, dass meine Krimis unter die Leserinnen und Leser kommen, und dass meine Lesungen auf der Insel gut besucht sind. An Stefan vom „Inselradio Föhr", der sich jedes Mal die Zeit nimmt, mich über meine neuesten „Krimi- und Inselaktivitäten" auszufragen ;-)). An den „Föhrer Teekontor", der es mir ermöglicht, dass ich bei einer guten Tasse Föhrer Tee auch bei mir daheim in Wald-Michelbach gedanklich und geschmacklich ganz auf Föhr sein kann. An alle Föhrerinnen und Föhrer, die mich immer wieder aufs Neue mit ihrer Herzlichkeit und ihrer Hilfsbereitschaft so sehr unterstützen und fördern. Und nicht zuletzt geht mein Dank an meinen Mann Thorsten alias „de Vadder", der sich mit vollem Einsatz und den besten Ideen um meine Werbung, den Vertrieb und um meinen täglichen

Kaffeekonsum kümmert. Dafür (und für noch vieles mehr) liebe ich Dich.

Ohne Euch alle wäre dieser Krimi (und auch alle weiteren) nicht möglich!!!

Ihr dürft Euch jetzt schon auf das Jahr 2025 freuen, in dem mein Hauptkommissar Knut Hansen in meiner Krimireihe „Das Rätsel" gleich zweimal zusammen mit seinem Kollegen Kilian Brandner ermitteln und auf Mörderjagd gehen darf.

PS: Gefundene Fehler dürft Ihr wie immer großzügig und gerne behalten ☺

„de Vadder" und ich